COLLECTION FOLIO

Rainer Maria Rilke

Au fil de la vie

Nouvelles et esquisses

*Traduit de l'allemand et annoté
par Claude Porcell*

Gallimard

Ce recueil est extrait de *Œuvres en prose*
(Bibliothèque de la Pléiade).

© *Éditions Gallimard, 1993.*

Né à Prague en décembre 1875, René Maria Rilke, très tôt voué à une carrière dans l'armée, étudie dans une école militaire, mais est renvoyé en 1891 pour inaptitude physique. De retour à Prague, il commence à écrire et publie un recueil de poèmes. Il séjourne à Munich où il rencontre Lou Andreas-Salomé, de quinze ans son aînée. À la passion succédera une longue amitié qui les unira jusqu'à la fin de sa vie. Sous son influence, il change son prénom et devient Rainer Maria Rilke. En 1898, il publie un recueil de récits, *Au fil de la vie*, puis l'année suivante *Deux histoires pragoises*, mystères, conspirations et amours ténébreuses dans la Prague du tournant du siècle. Après l'échec de sa liaison avec Lou, il épouse en 1901 Clara Westhoff, une élève du sculpteur Auguste Rodin. De ce mariage, qui ne dure guère, naît une fille. Installé à Paris, il devient le secrétaire de Rodin. En 1903, Rainer Maria Rilke répond à une longue missive envoyée par un jeune homme de vingt ans, Franz Kappus, qui est élève officier comme il le fut à son âge. S'ensuit une correspondance qui durera jusqu'en 1908 et sera publiée par les soins de Franz en 1929 sous le titre *Lettres à un jeune poète*. Nous ne connaîtrons jamais ses lettres, car il ne publiera que celles de Rilke, préférant s'effacer derrière le poète. Installé à Rome, Rilke commence *Les Carnets de Malte Laurids Brigge*, longue méditation poétique du narrateur autour de la mort de son grand-père, qu'il publie en 1910. La même année, il rencontre la princesse Thurn und Taxis qui devient son mécène. Il lui dédiera son chef-d'œuvre poétique, *Élégies de Duino*. Après la guerre et la fin de l'Empire austro-hongrois qui le prive de toute nationalité, il survit en donnant des conférences. Il traduit des écrivains français comme Gide, Louise Labé, Paul Valéry. Fin 1923, il entre au sanatorium où il fait de fréquents séjours jusqu'à sa mort le 29 décembre 1926. Il est enterré en Suisse dans le Valais.

Poète solitaire et mélancolique, il a puisé son inspiration dans ses nombreux voyages tout autour de l'Europe.

Découvrez, lisez ou relisez les œuvres de Rainer Maria Rilke :

LES CARNETS DE MALTE LAURIDS BRIGGE (Folio n° 2294)

LETTRES À UN JEUNE POÈTE (Folioplus classiques n° 59)

LETTRES À UN JEUNE POÈTE, *suivi de* LE POÈTE *et de* LE JEUNE POÈTE (Poésie-Gallimard)

DEUX HISTOIRES PRAGOISES (Folio Bilingue n° 74)

ÉLÉGIES DE DUINO — SONNETS À ORPHÉE ET AUTRES POÈMES (Poésie-Gallimard)

VERGERS *suivi de* QUATRAINS VALAISANS, LES ROSES, LES FENÊTRES *et de* TENDRES IMPÔTS À LA FRANCE (Poésie-Gallimard)

Boris Pasternak, Rainer Maria Rilke, Marina Tsvétaïéva CORRESPONDANCE À TROIS (L'Imaginaire n° 481)

Pour aller plus loin :

Jean-Michel Maulpoix commente LETTRES À UN JEUNE POÈTE (Foliothèque n° 139)

LA FÊTE DE FAMILLE

Après la messe, le curé de Sainte-Marie-des-Neiges descendit les quatre degrés de l'autel, fit demi-tour et s'accroupit derrière le jubé. Il chercha un mouchoir dans les nombreux plis de ses ornements et se moucha dans un *ut* d'orgue grave et respectueux avant de commencer : « Prions pour M. Anton von Wick, conseiller impérial, qui s'est endormi dans la paix du Seigneur. Seigneur, sois miséricordieux envers ton fidèle serviteur Antonius... »

Au premier banc se leva M. Stanislas von Wick, frère du « fidèle serviteur Antonius » disparu huit ans auparavant, et l'émotion passa de son nez dans son mouchoir. Quand on en eut fini de la messe pour le repos des âmes, M. Stanislas, en tant que chef de famille, prit la tête et derrière lui quelques femmes vêtues de noir se détachèrent des bancs obscurs. Dans la rue, il offrit le bras à sa sœur, la vieille commandante Richter, et les autres suivirent deux par deux. Personne ne parlait. Tous fuyaient la lumière, avec des yeux qui paraissaient rougis de larmes, et bâillaient de faim et d'ennui. La famille devait déjeuner chez la fille de feu M. Anton, Mme Irène, veuve Horn, née von Wick, et la commandante prit un pas qui contredisait constamment son embonpoint, et dont l'impatience s'accordait mal à la marche funèbre appliquée de son rigide frère. M. Stanislas remarqua les tentations terrestrement sensuelles de ces pieds et dit, comme dans un rappel à l'ordre : « Ce pauvre Anton. »

La commandante se contenta de hocher la tête. M. von Wick souleva alors à plusieurs reprises ses étroites épaules tout en arborant une mine préoccupée et attentive. Il accentua ce mouvement et le répéta ostensiblement lorsqu'ils furent arrivés devant la porte de la maison, aux yeux de la famille tout entière, jusqu'à ce que Mme Irène demandât avec nervosité : « Qu'est-ce que tu as, mon oncle ? » M. von Wick commença par rassembler une quantité suffisante de soumission au destin sur son visage apeuré puis gémit en poursuivant à la hâte son mouvement anxieux : « Je suis tout raide — j'ai dû prendre froid à l'église. » Mme Irène se contenta de hocher la tête, et sa sœur Frédérique siffla sur le ton de la plus émouvante résignation : « Moi aussi. » Puis la Française vint se joindre aux autres avec le fils de Mme Veuve Horn, un pâle garçon de sept ans, et la blême Frédérique lui passa doucement la main sur le front. Elle se dit : « Il est si pâle, il a certainement pris froid, lui aussi. » En montant les marches de l'escalier obscur, elle confia à sa sœur : « Oswald tousse. »

Ce n'est que quand la famille fut assise à la table

La fête de famille

dressée que chacun oublia la maladie rapportée à l'instant de la messe funèbre. M. Stanislas von Wick avait sa place à côté de sa sœur et à côté de Frédérique. Le digne homme semblait vouloir compenser son excessive gymnastique d'épaules de l'instant précédent par une fixité d'idole. Il regardait par-dessus son vis-à-vis, Mlle Augusta, qui n'était pas de la première jeunesse, l'infatigable tante de la maison dont personne ne savait à quel degré de parenté elle se situait exactement, il regardait le coin le plus sombre de la salle à manger, où deux hauts fauteuils recouverts de cotonnade ne savaient que faire auprès d'une petite table bien trop basse. À cet instant M. von Wick avait un air immensément occupé, comme à son bureau lorsque quelqu'un le dérangeait dans la lecture des journaux. Le couteau s'était glissé entre ses doigts durs à la manière d'une plume d'oie et attendait qu'il traçât au bas du document de ses pensées actuelles la fine signature « Stanislas von Wick », comme tressée de brins d'amourette. L'entourage tout entier était pénétré de l'importance de ce moment et, dans l'expectative, s'abstenait presque de respirer. Au bas bout seulement le petit Oswald rattrapait son retard en puisant à la hâte dans son bouillon, et Augusta, qui à chaque fête de famille mangeait pour les trois jours précédents et les trois jours qui suivaient, s'employait à résoudre la question de savoir comment parler autant qu'elle mangeait. Elle plaçait ses mots comme un bouclier devant son assiette débordante, son imagination et son estomac digérant à qui mieux mieux. Cette activité complexe, cependant, ne l'échauffait pas peu, et il lui fallait çà et là laisser reposer l'un et l'autre.

Pendant l'une de ces pauses, M. von Wick rappela ses yeux des hauts fauteuils où ils s'étaient arrêtés, leur accorda une brève halte sur le front ombreux de tante Augusta, puis les envoya sur la maîtresse de maison en les chargeant de beaucoup d'importance : Mme Veuve Horn, qui ne se sentait pas seulement née von Wick, reçut les messagers de son oncle avec solennité et dans le profond mutisme de tous les assistants. Elle saisit son petit couteau à fruit, le souleva avec peine à hauteur du bord de son verre à vin marqué d'un W couronné et frappa une fois. Cette petite cause eut une foule de puissants effets : toutes les armes interrompirent leur hâte plus ou moins joyeuse et les serviettes, tels des drapeaux de parlementaires, quittèrent différents genoux pour frissonner au vent de l'armistice et de la paix. La Française aux yeux de lapin arracha la cuillère des mains du petit. « *Que veux-tu*?* » feula l'enfant, et mademoiselle souffla dans un effroi extrême : « *Fais attention*!* » Ces bruits avaient englouti les premiers mots de M. Stanislas. Il se redressa davantage encore et rectifia sa cravate pour réveiller dans sa gorge ce qui s'y était endormi. Ses yeux incolores cherchaient les deux fauteuils : « C'est là-bas », dit-il, et il attendit que tous les yeux eussent obéi à son commandement, « que mon pauvre frère

---

* Les mots ou expressions en italique suivis d'un astérisque sont en français dans le texte.

Anton, Dieu ait son âme, a rendu il y a huit ans son dernier soupir. Ses tout derniers mots appelaient la prospérité sur notre famille. "Entendez-vous et aidez-vous les uns les autres", m'a-t-il dit la veille de sa mort. Et c'est ensemble, et dans la concorde, que nous célébrons aujourd'hui le huitième anniversaire de sa mort. Dieu veuille nous donner la force de rendre encore longtemps dans le calme et la santé cet hommage à sa mémoire ; nous pouvons être sûrs que l'esprit de notre frère, ou encore de votre père», et il se tourna à ces mots vers la maîtresse de maison et Frédérique, « de votre grand-père », et ses yeux émus reposèrent sur Oswald dont les doigts humides piquaient furtivement des miettes de pain, « fait planer sur nous sa bénédiction ». Épuisé par l'effort et l'émotion, M. Stanislas s'assit, sans oublier cependant d'écarter avec soin les longues basques noires de sa redingote. Il avait dit à peu près la même chose le jour où était mort son frère, et depuis il se contentait de changer régulièrement le chiffre de l'anniversaire. Mais ces mots, du fait qu'ils n'étaient prononcés qu'une fois par an, avaient conservé une certaine fraîcheur, et M. von Wick, aussi bien, semblait dépoussiérer et redresser chacun d'eux dans sa bouche avant de les prononcer. Après que tous les verres se furent rencontrés et salués avec la retenue adéquate, la pâle Frédérique dit au milieu de violents toussotements : « Papa est-il mort dans ce fauteuil-ci ou dans ce fauteuil-là ? » Elle regardait l'angle de la pièce à travers ses paupières mi-closes. La maîtresse de maison trouva cette question inconvenante et haussa les épaules ; M. von Wick était encore trop profondément enfoncé dans son émotion, la commandante mastiquait à pleine bouche, de sorte que la réponse échut à tante Augusta. Elle n'hésita d'ailleurs pas longtemps, passa la main sur ses cheveux gris comme pour réveiller une partie de ses souvenirs et dit ensuite avec un héroïque esprit de décision : « Dans celui-ci. » Ces connaissances précises et pleines de piété étaient le moyen par lequel elle essayait constamment de faire la preuve d'une appartenance à la famille par ailleurs assez énigmatique. Il y eut alors un grand va-et-vient. Tous se levèrent et cernèrent les deux fauteuils pour les examiner. Enfin, M. von Wick vint également, se fraya un chemin jusque derrière les fauteuils et commença à en palper la face arrière. Puis il dévoila aux assistants plongés dans l'attente : « C'est celui auquel il manque une vis. À celui-ci il manque une vis, en conséquence de quoi mon frère Anton est mort dans ce fauteuil. » Tous restèrent cois un instant, comme s'ils attendaient que le fauteuil lui-même prononçât éventuellement quelques mots. Mais comme il gardait un silence impassible, ils regagnèrent tous leur place.

« C'est là-bas sur le canapé jaune que grand-maman est morte », constata la toussotante Frédérique. Et l'on se montra tous les meubles où un von Wick ou une von Wick avait laissé assise son enveloppe mortelle tandis que son âme s'était déjà mise en quête des von Wick de l'au-delà. Il n'y en avait pas peu ; et c'était une grande honte que d'être chaise chez les von Wick sans avoir servi à la mort de personne. Le fauteuil recouvert de cotonnade qui côtoyait l'oreiller mortuaire de M. Anton ressentait cela puissamment.

La pause avait un peu traîné en longueur. La maîtresse de maison laissa tomber l'un de ses doigts sur le bouton électrique. Tandis que les autres énuméraient une fois encore les derniers meubles et derniers mots et que Frédérique, avec un sourire fatigué, qu'elle afficha en cette occasion comme dans toutes les autres, signalait que l'ultime exclamation de grand-maman von Wick avait eu lieu en français, le vieux Johann, qui faisait sous ce nom partie de l'inventaire depuis des temps immémoriaux, entra en promenant en équilibre au-dessus du parquet bien ciré un filet de chevreuil. Il y avait très longtemps que le vieux Johann avait quitté le service, qu'il recevait de différentes générations de von Wick différentes pensions, et qu'il ne reprenait du service, tout à fait exceptionnellement, que lors d'anniversaires funèbres d'une particulière importance. Il revêtait alors sa vieille livrée défraîchie à boutons d'argent qui portaient les armes de la famille et la devise circulaire *constantia et fidelitas*, gainait de gigantesques gants de fil blanc ses mains déformées par la goutte et ressemblait dans cet accoutrement à un squelette déguisé. Il atterrit comme une feuille morte au bout de la table et resta collé près d'Irène, veuve Horn. Ses yeux à moitié aveugles devaient d'abord se faire à la pénombre de la salle à manger, et c'était au juger qu'il tendait le plat dans la direction où il présumait que se trouvait quelqu'un. Mme Irène, au prix d'un grand effort, déplaça vers son assiette un petit morceau de filet, recevant comme une bénédiction les grains de riz subséquents des mains tremblantes du vieillard, qui avaient déjà prodigué leur filet à son bienheureux père et à son bienheureux grand-père. Puis Mme Irène s'inclina avec le plus grand respect devant les gants de fil, et le vieux Johann dirigea dès lors ses regards, depuis sa perspective cavalière, sur le bonnet violet de la commandante Richter qui examinait consciencieusement le plat avec une profonde compétence. Le vénérable serviteur commença à s'intéresser à la question de savoir à qui ce bonnet, là en bas, pouvait appartenir. Il réfléchit un instant, puis fut pénétré de la conviction que le bonnet lilas n'était autre que Mme Caroline von Wick, l'honorable épouse du très bienheureux grand-père Peter, et il se pencha avec une bienveillante condescendance vers la centenaire, à qui il avait présenté son dernier filet plus de trente ans auparavant. Mille ans étaient un jour aux yeux du vieux serviteur, et il fut fort content de reconnaître en M. Stanislas von Wick M. Peter lui-même et de le trouver bien vigoureux pour un si grand âge. À chaque pas qu'il faisait il reconnaissait quelque membre de la famille de l'époque du grand-père, et il n'y avait plus rien d'étonnant à le voir saluer dans le petit Oswald le portrait de jeunesse de l'oncle Stanislas. Les oscillations du plat qui contenait le rôti prirent quelque chose de tendre, de caressant quand il lui fit contourner le coude pointu du pâle enfant. La plupart des yeux suivaient les mouvements du vieillard avec une attention préoccupée, car il constituait une curiosité rare et, en quelque sorte, la quintessence des résidus terrestres de tous les von Wick défunts.

Johann avait, d'un pas mal assuré, fait le tour de la table où étaient assemblés ses chers disparus ; il n'avait hésité un peu que devant la Française, car il était incapable, sur le moment, d'attribuer un rôle à cette personne aux yeux rouges. Mais il se consola en s'appuyant sur les fréquentes déficiences de sa mémoire et se contenta de retirer le plat à Mademoiselle avant qu'elle ne se fût convenablement servie. La Française jeta autour d'elle des regards quelque peu étonnés mais se garda de tout scandale et dit à Oswald : « *Mon garçon, tu as trop*.* » Et elle prit en toute tranquillité un morceau de rôti dans l'assiette de l'enfant qui regarda partir ce régal avec crainte et mélancolie.

Tante Augusta, pendant ce temps, dévidait toute l'insignifiance des cancans de la ville, auxquels l'un ou l'autre ne venait que rarement, en guise d'aumône, ajouter un mot. La maîtresse de maison considérait comme un manque de tact cette façon de tenir des discours aussi profanes en un pareil jour et elle s'en ouvrit à la commandante ; celle-ci hocha la tête en signe d'approbation, ce qui lui permit d'aller à la rencontre du rôti de chevreuil avec encore plus de cœur. Frédérique n'écoutait plus du tout la tante universelle mais se faisait raconter pour la onzième fois par la Française qu'elle avait songé à entrer dans un couvent. Frédérique trouvait à chaque fois cela follement intéressant et espérait, à la douzième, retrouver les traces du roman qui pouvait avoir poussé la Parisienne chlorotique à cette initiative désespérée. Cette fois cependant, elles furent interrompues au beau milieu de la légende par le volume inhabituel qu'avait pris la voix de l'oncle Stanislas. M. von Wick s'était cru en devoir de retenir par les basques le vieux serviteur fidèle et de lui chuchoter avec une condescendante bonté : « Alors, on ne vieillit pas, mon bon Johann. » Johann ne pouvait répondre. Tout d'abord parce qu'il était trop touché par la grâce que lui faisait M. Peter von Wick, le grand-père, et ensuite parce que, dur d'oreille comme il l'était, il n'avait pas compris un traître mot de cette longue adresse. M. Stanislas renouvela un peu vivement sa question. Elle resta une fois de plus incomprise. M. von Wick, qui aimait voir les choses promptement réglées, estima que cet épisode extérieur et purement formel durait trop longtemps et sa voix avait perdu toute bienveillance lorsqu'il cria au vieillard :

« Eh bien, Johann, comment va ? »

Tous dressaient maintenant l'oreille.

Frédérique se tut, de même que la Française, et tante Augusta, et le petit Oswald, à qui la vivacité de son intérêt fit même oublier une pleine bouchée déjà en chemin.

Et Johann avait compris. Avec la familiarité pleine de déférence du vieux serviteur, il se pencha sur le crâne blanc et lisse de M. Stanislas et dit : « Monsieur Peter est trop bon. »

C'était ainsi qu'il appelait toujours le grand-père dans les années d'autrefois, à la différence des autres frères présents dans la maison. Ses mots n'arrivaient qu'entrecoupés de petits intervalles, comme s'il eût été obligé de faire effort pour les chercher, et la maladive Frédérique eut l'impression que s'était quelque part mise en marche une vieille boîte à musique qu'on n'avait pas remontée. « Peter » fit hésiter un instant M. Stanislas ; l'attention générale où il tombait donnait à ce nom plus d'étrangeté et de sonorité encore. M. Stanislas tressaillit, devint très pâle, et le sourire plein de bonté s'effaça de ses traits. Il sentit tous les regards peser sur lui et se vit transformé en un vieillard désemparé ; car il voyait en multiples reflets dans ces regards ce que lui-même éprouvait obscurément : la terreur et l'angoisse. Il les regarda tous l'un après l'autre, craignant de lire sur les lèvres de l'un d'eux : « M. Peter. » Mais toutes gardaient le silence. Alors il dirigea timidement ses regards en arrière et se dit de toutes ses forces : « Le vieux a perdu la tête. » Mais il n'y avait plus personne derrière lui.

M. von Wick passa plusieurs fois la main sur son front étroit. « Tu ne te sens pas bien, Stanislas ? » dit la commandante, qui avait gardé un peu de naturel.

« Non, Caroline », renvoya M. Stanislas d'une voix sans timbre. Puis il posa, avec une résolution crispée, sa serviette à côté de l'assiette, se leva en s'appuyant au rebord de la table et gagna d'un pas incertain le coin sombre où les deux fauteuils figuraient à côté de la table basse. Épuisé, il se laissa tomber dans le fauteuil où n'était encore mort aucun von Wick. C'était un acte de justice. Tous étaient comme cloués sur leurs chaises et regardaient M. Stanislas. Seule Mme Irène, veuve Horn, risqua : « Mon oncle ? »

Mais M. von Wick, d'un geste, éluda doucement cette intervention. Il ne voulait pas être dérangé. Il savait que ce serait là son dernier fauteuil, aujourd'hui ou demain ; mais il ne savait pas encore quel allait être son dernier mot.

LE SECRET

Il y aura bien trente ans sous peu que tout authentique habitant de Karbach, lorsqu'il a dit Rosine, est obligé de dire aussi Clotilde — et inversement. Voici pourquoi : Clotilde et Rosine habitaient ensemble à Karbach depuis ces temps que l'on appelle immémoriaux, et tout bon citoyen autochtone passant sous les fenêtres des deux vieilles dames aurait été bien moins étonné de voir l'ancienne église, symbole de la ville, perdre soudain l'une de ses tours que de ne pas voir, un jour, apparaître à côté de la tête blanche de Rosine, coiffée à la hâte, la coiffure stricte, bien tirée, étrangement noire de Clotilde derrière les géraniums rouges. On était habitué à ne les considérer que comme faisant un, ce qui n'était pas un mince sacrifice pour les dames en mal de conversation derrière leurs tasses de café, puisque cet aspect sésostrisien[1] de la petite Clotilde et de la petite Rosine faisait qu'il y avait une

---

1. Trois pharaons de la XIIe Dynastie avaient été confondus par Hérodote sous le nom commun de Sésostris.

personne de moins à critiquer. Mais d'une part il était indéniablement difficile d'envisager séparément les plans qui germaient sous la coiffure blanche et les pensées que protégeait la coiffure noire, et l'on trouvait d'autre part une consolation à songer que cette osmose produisait plus de « matériau utilisable » autour des tasses de café que si chacune des vieilles filles s'était consumée toute seule comme une bougie oubliée.

Les gens de la maison savaient qu'il y avait aussi des orages derrière les géraniums et qu'en ces occasions, Mlle Rosine faisait l'éclair et Mlle Clotilde le tonnerre, comme il convient à tout sain et véritable orage. Ils savaient aussi que le nombre de ces orages était bien plus élevé que n'eût osé le prophétiser la grenouille la plus fielleuse, et il y avait presque trente ans qu'ils hochaient la tête, en sorte que plus d'un avait blanchi sous ce hochement qui avait fait ses débuts dans la blondeur. Ils se demandaient avec étonnement ce qui avait bien pu pousser à s'installer ensemble à Karbach les deux dames qui, ni parentes ni attachées par aucun lien particulier, avaient vécu auparavant à la Résidence[1], séparément sans aucun doute, et à faire par cette guerre de presque trente ans la preuve qu'elles pouvaient à bon droit se dire amies.

L'énigme était difficile à résoudre. Car peu de gens étaient autorisés à lorgner derrière les géraniums, et ce que ces élus y voyaient était l'image d'une harmonie

---

1. La « Résidence » désigne en allemand la capitale d'un des petits États de l'Allemagne d'alors.

arcadienne. En dehors de la maison, on ne voyait l'attelage des deux dames qu'au marché ou à l'église. Et tandis que la noire Clotilde manifestait une remarquable compétence pour les poulardes grasses, Rosine avait beaucoup de propension aux messes abondantes et à chaque *Dominus vobiscum* échangeait avec le prêtre, que la sainte hâte faisait dégoutter de sueur, un regard de pieuse compréhension. Et de même que les doigts de Rosine avaient poussé leur talent à dévider les grains du rosaire jusqu'à l'extrême raffinement de la perfection, de même il suffisait à Clotilde de faire rouler les petits pois entre ses phalanges pour en évaluer la maturité.

Le lecteur superficiel ne manquera pas d'en venir à la conviction qu'il est plus sagace que tous les habitants de Karbach réunis ; car voici déjà qu'il croit avoir brisé sans peine, d'un simple geste du petit doigt, la carapace d'une énigme sur laquelle les bons, les irréprochables citoyens de Karbach usent depuis si longtemps leurs outils. En effet, il règne une si bienfaisante complémentarité entre les talents spirituels et les talents matériels, les talents religieux et théoriques et les talents utilitaires et pratiques des deux dames que leur vie commune non seulement n'a rien pour étonner, mais représentait même une nécessité naturelle et se fût produite en dépit des distances les plus grandes, si bien qu'il était inévitable que Rosine quittât le Groenland et Clotilde une quelconque *ultima Thule* tropicale pour qu'elles pussent se rencontrer ; que cela dût absolument avoir Karbach pour théâtre, même le très sagace lecteur ne saurait en décider.

Si cependant l'un des rares élus pouvait introduire le lecteur derrière les géraniums, lui aussi retirerait assurément de l'ameublement ancestral l'impression de la plus radieuse concorde, mais il s'avouerait qu'il y a là tout de même un reliquat, quelque chose de non résolu qui dépose comme un voile, malgré le vaillant chiffon de Clotilde, sur les armoires d'acajou et la table de noyer. Et c'est justement sur ce voile que tout Karbach tire comme sur une toile de pompiers, impatient de savoir quelle rumeur, échappant à la curiosité ardente, va y sauter.

Il en saute beaucoup.

Mais le voile ne se déchire pas.

Et c'est précisément cela. Quoi ? Ce qui fait que les habitants de Karbach ne peuvent plus dire Rosine sans dire Clotilde et inversement.

Un secret.

Et où niche cet insecte noir, ce ver continuellement taraudeur, sous les cheveux noirs ou sous les cheveux blancs ? Chez Rosine, il ne serait pas resté longtemps. Quand elle promettait à quelqu'un avec une mine solennelle « le silence jusque dans la tombe » (et elle le faisait souvent, car cela avait quelque chose de romantique et lui rappelait les livres aux couvertures multicolores qu'elle lisait en cachette quand elle était petite fille), quand donc elle affirmait et promettait un silence romantique, on pouvait être sûr qu'elle raconterait la chose une demi-heure plus tôt seulement qu'elle ne l'eût fait en l'absence de ces formes très cérémonieuses.

Clotilde et Rosine, dans leur enfance, étaient amies. Jeunes filles, elles avaient été séparées par la vie de pensionnat, et d'autres vicissitudes avaient prolongé cette séparation jusqu'au moment où, lorsqu'elles eurent atteint le premier stade du pessimisme des vieilles filles, elles se retrouvèrent à la Résidence. Elles se retrouvèrent comme deux personnes qui ont manqué l'une et l'autre la correspondance à une gare perdue sur la lande et à qui incombe dès lors le devoir de s'aider mutuellement à ramer à travers le lac de l'ennui. Il arrive aussi que deux pareils individus de cette espèce attendent encore, attendent toujours et, comme aucun train ne veut décidément arriver, trouvent le chemin qui mène de la gare oubliée au village le plus proche et y restent pour s'y établir.

Et, dans ce cas tout particulier, on nomme ce village Karbach.

Au début, elles se réjouirent beaucoup de leurs retrouvailles, mais elles étaient plus éloignées de l'idée de rester ensemble que de la planète Mars. Rosine, parmi tant de « secrets », ne savait par où commencer ses récits, et n'était pas peu fière qu'il lui fût permis d'y faire figurer un « Il », obscur et mystique, toujours sans nom, comme le Hollandais volant, non pas exactement en tant que personnage principal, mais du moins comme élément du décor ; et le souci qu'elle avait de le faire intervenir à tout bout de champ témoignait de son sens de la décoration. Elle en usait à vrai dire comme cette famille de petits-bourgeois qui ne possède qu'une parure de table en argent et lui fait suivre l'hôte éventuel d'une pièce à l'autre pour lui donner l'impression d'une richesse fabuleuse. La parure est partout en permanence. Une fois pour contenir du sucre, une autre fois des fleurs, une autre encore des fruits, et, en cas d'extrême besoin, elle se prête aussi aux cartes de visite.

Clotilde écouta avec beaucoup de compréhension et un rare trésor de patience les secrets de Rosine, et elle n'oublia pas non plus, pour finir, d'admirer le grandiose martyre que celle-ci avait héroïquement enduré, ni d'apprécier le fait que, malgré l'infidélité de l'autre sexe, il ne subsistait pas dans son cœur que du dédain pour ses méfaits. Car Rosine était encore capable, quand elle parlait des «hommes», de mettre dans sa voix un reste de timidité de jeune fille, et elle affichait aussi volontiers ses yeux d'oie blanche qui, à présent, avaient l'air de lunettes devenues trop faibles et qui semblaient la faire passablement souffrir. La grande auréole de la souffrance imméritée faisait oublier toutes ces discordances, car Rosine était convaincue au plus profond de son âme que son malheur tout entier tenait à son nom. Il y a des êtres auxquels leurs parents donnent, au berceau, un nom qui semble déjà tiré d'un dictionnaire : il faut que ces êtres-là deviennent célèbres quoi qu'il en coûte. S'ils se cassent le cou étant enfants, ce sera justement à cela qu'ils devront leur célébrité. Et les malheureux parents de Rosine, aveuglés, lui avaient donné en ce jour funeste un nom qui l'obligeait à rester vieille fille, eût-elle allié la beauté d'une reine hindoue à la grâce d'Otéro. Personnage principal de cette affreuse tragédie voulue par le destin, elle se sentait naturellement aussi importante que digne des pires lamentations. Cependant, il lui restait suffisamment de temps pour observer la compassion que Clotilde éprouvait pour elle. Et, si elle ne fut d'abord vaincue que par la joie ressentie à cette affection, il vint s'y ajouter dès ces premiers jours de retrouvailles le soupçon malin et insinuant que seul pouvait témoigner une commisération aussi profonde celui qui avait vécu et souffert des choses analogues.

Pareil soupçon est semblable à la goutte chronique. Elle élance tantôt ici, tantôt là. On croit l'avoir enfin surmontée qu'elle reprend déjà à un autre endroit. Rosine ne trouvait pas le repos. Elle ne digérait plus et oubliait bien des soirs de tresser ses boucles. Elle soupesait toutes les possibilités ; et la conclusion était toujours qu'assurément Clotilde était restée dans tout cela bien loin derrière elle. Mais il eût été néanmoins possible qu'elle eût vécu une histoire secrète, puisqu'elle avait un unique mais indéniable avantage : elle ne s'appelait pas Rosine.

Et comme, les jours succédant aux jours, Clotilde parlait de plus en plus d'aller s'installer à Karbach, Rosine fut envahie par la peur indescriptible que le grand secret ne lui restât éternellement caché. Qu'il y en eût un, elle le savait maintenant. Elle savait que Clotilde conservait dans son armoire un coffret solidement verrouillé qu'elle appelait le Wertheim[1]. Avec assez d'hypocrisie pour que l'on crût qu'il contenait des valeurs mobilières. En fait, songeait-elle, ce seront sans doute des lettres, ou même un portrait — son portrait à lui.

Cette pensée ne la quittait plus. Elle était de plus en plus prodigue de confidences; car elle se disait : la confidence appelle la confidence, et quelque jour, au crépuscule, Clotilde ne manquera pas d'aller chercher son Wertheim. Mais le déménagement de Clotilde approchait et Rosine, ayant épuisé en confidences toute son imagination, restait pauvre et désemparée comme une enfant.

C'est alors que, pendant une nuit de totale insomnie, lui vint la décision : il faut que nous restions ensemble. Et elle en poursuivit l'élaboration : quand on vit ainsi jour après jour côte à côte, que l'on vit ensemble, qu'à midi on boit le même vin, qu'on mange le même sel, qu'on a la même faim et qu'on se dérange mutuellement la nuit par les mêmes ronflements, il faut bien que deux êtres, mêmes s'ils ne vont pas jusqu'à n'en former qu'un, se transforment du moins en un ensemble symétrique dont les moitiés peuvent se superposer parfaitement.

Rosine, dès cette époque, se gardait de méconnaître les difficultés d'une pareille coexistence. Elle connaissait la rigueur et l'exactitude de Clotilde, son zèle effi-

---

1. Wertheim était le nom d'un grand magasin fort connu. Il désigne ici un coffre-fort acheté dans ce magasin.

cace, et ne se cachait pas qu'elle-même et ses penchants auraient là contre bien des batailles à livrer. Elle savait, en de pareils instants de lucidité, qu'elle se surprenait souvent dans des rêves oiseux, que le Hollandais volant était toujours le roi de ces rêves et qu'elle s'usait toute la journée les pieds jusqu'au sang dans la maison, sans rien faire d'autre à vrai dire que de déplacer quelques chaises et de débarrasser la commode de quelques menus objets. Mais elle se consolait en pensant qu'à coup sûr, dès lors qu'elles seraient ensemble, il n'y aurait plus beaucoup de chemin jusqu'au jour de la révélation, et qu'au bout d'un an tout au plus elle ferait ses adieux et prendrait, lors des adieux, le temps de jeter un regard victorieux dans le Wertheim grand ouvert et un regard de commisération sur la pauvre Clotilde, incapable elle aussi de garder un secret. Il y avait longtemps qu'elle jetait ces deux regards en pensée. Et elle y acquit une technique qui assurait à la scène rêvée l'effet décoratif qu'elle aurait plus tard.

C'est avec quelque réticence et de la mauvaise conscience dans ses yeux, qu'elle forçait cependant à sourire, qu'elle présenta ses projets à Clotilde. Celle-ci ne fut ni étonnée ni hésitante. Elle dit simplement : « Oui, si tu veux. » Ce disant, elle l'avait à peine regardée. Rosine cependant eut l'impression qu'il y avait du sarcasme dans le sourire de son amie. Et son projet n'en gagna que plus d'assurance, car il fallait désormais que ce sarcasme aussi fût vengé.

Le jour du déménagement était venu ; Clotilde parcourait les pièces depuis l'aube, donnait ses ordres aux gens d'une voix d'airain, mettait, quand il le fallait, la main à la pâte, et Rosine se donnait l'illusion de participer. Elle se comportait comme un enfant dont la barque est portée par le courant mais qui croit avancer de ses propres rames. Elle ne cessait, dans sa précipitation sans objet, de se heurter à Clotilde dans le couloir ou l'escalier. Enfin, celle-ci la saisit et lui dit avec un peu d'humeur : « Tu ne fais que gêner. Il faut que je mette la main à la pâte, et je ne veux pas quitter ceci des yeux. Garde-le-moi entre-temps. »

Et déjà elle était loin. Rosine restait là, comme dans un rêve, et elle sentit à sa main droite un poids étrange qui menaçait de l'enfoncer tout entière dans le sol. C'était le Wertheim. La terreur et l'émotion la firent trembler de tous ses membres. Elle se réfugia avec le joyau dans un coin sombre du vestibule. Là, elle trouva une chaise qui n'avait pas été déménagée, où elle s'assit avec délicatesse et d'où elle contempla le coffret posé à ses pieds. Il lui semblait parfois que le couvercle bâillait un peu. Elle se pencha rapidement et put se convaincre de la coriacité de la serrure.

Elle était accroupie devant le noir mystère comme un Indien devant son fétiche : les mains jointes sur les genoux, les yeux écarquillés, à l'affût. Elle faisait confiance aux signes du destin et avait pour ses intentions secrètes une profonde et romantique compréhension. Depuis qu'elle avait eu le Wertheim en main, elle le savait : sa mission était d'explorer les profondeurs de cette mine de fer. Et elle trouvait cette mission aussi importante que l'exploration des sources du

Nil ou les expériences sur la vie animale des plantes cryptogames. Un zèle sacré, un héroïque esprit de décision l'envahirent pour la convaincre de ne pas prendre de repos avant que cette serrure ne fût, non par la violence, mais par l'intelligence et la ruse, en son pouvoir. Elle se sentit puissamment croître en importance et grandir à la mesure de sa vocation. Et c'est ainsi, emplie d'espoir et de résolution, qu'elle arriva à Karbach, ne lâchant pas le noir secret avant de lui avoir trouvé dans le nouveau logis une place attitrée.

*

Rosine était de ces personnes qui peuvent être très aimables lorsqu'elles veulent quelque chose. À cela s'ajoutait que cette situation était totalement nouvelle dans sa vie. Elle avait un secret, et ce secret était un secret. C'était là déjà tout un roman, ou c'en était au moins l'avant-dernier chapitre. Elle se sentait à son poste comme un ambassadeur chargé d'obtenir chez les sauvages un renseignement dont dépendaient le bien d'États entiers, la paix ou la guerre mondiales. Et selon qu'elle y mettrait ou non une ruse et une application particulières, le sort en serait jeté. Ainsi les premières années de cette vie commune brillèrent-elles d'une grande clarté, comme si le soleil en personne eût loué une chambre dans la maison. Leurs chevelures ne cachaient même plus la représentation imaginaire de ce coffre de fer noir ; Rosine ne se souvenait obscurément que d'un grand dessein qui la retenait ici ; elle savait seulement qu'elle ne devait pas cesser de sourire si elle voulait le réaliser. Ce n'était finalement pas si difficile.

Elle en conçut une grande estime pour elle-même, estime qui, selon son humeur, sa digestion et le temps qu'il faisait, trouvait son expression dans l'étonnement ou l'admiration devant sa propre conduite. Elle parvint à l'exploit de vivre des années au côté de Clotilde pour l'accomplissement de sa haute mission sans se trahir, ne fût-ce que par un regard, sans jamais paraître curieuse ni tressaillir lorsqu'en quelque occasion, le Wertheim sortait de sa cachette de tous les jours. Les premières fois, elle louchait certes un peu par-dessus le journal qu'elle tenait devant elle ; mais ensuite elle en eut honte, et à de pareils instants elle s'affairait dans un coin très éloigné ou dans une autre pièce. « Mon heure viendra bien un jour », se disait-elle avec confiance. Mais, par une mauvaise nuit où les chats, dehors, criaient comme des enfants qu'on égorge et où les gouttes de pluie frappaient leurs coups monotones comme les vers de bois dans la vieille armoire de chêne, lui vinrent les premiers légers doutes quant au succès de la tactique qu'elle avait employée jusque-là. Le matin, elle se leva fatiguée et pâle, et la poitrine lui faisait aussi mal que si le Wertheim y eût pesé toute la nuit. Elle commença, au petit déjeuner, à se plaindre timidement. Clotilde, qui n'était pas habituée à cela de sa part, se fit réellement du souci et facilita beaucoup à son amie, par sa compassion, le passage à la nouvelle stratégie, dont le drapeau était frappé d'une certaine mélancolie rêveuse. En peu de semaines, l'ancienne Rosine tout entière avait disparu, remplacée par une nouvelle Rosine élégiaque qui parcourait les pièces en semblant craindre de réveiller quelqu'un et buvait son vin si dilué que les comptes du mois en étaient considérablement réduits. Rosine, pour ce qui la concernait, était gagnante. Sa compagne de logis craignit de l'avoir surchargée de travail et cherchait maintenant à en prendre la plus grande part possible. Cela permit à Rosine de retrouver bien des heures de calme, exemptes de toute obligation, et chacune de ces heures avait sa porte dérobée dont Il — le Hollandais volant — possédait seul la clef. Il venait désormais bien plus souvent, ce personnage rêvé. Elle songeait alors toujours à l'ardeur avec laquelle il se penchait assurément sur les mêmes souvenirs. Assis, lui qui était un savant, peut-être même un homme célèbre (car on ne pouvait pas savoir à l'époque ce qu'il finirait par devenir), dans son cabinet d'étude sombre dont les murs étaient comme entièrement bâtis de grands livres, il cherchait le petit morceau de ruban rose, le seul souvenir qu'il eût conservé d'elle. Et elle le voyait en train de baiser le ruban, elle recueillait en rêve cette grosse et précieuse larme masculine qui roulait comme une perle sur les vagues de la large barbe. Il pleure, il pleure pour elle. Et toujours elle était émue jusqu'au tréfonds par lui, par elle-même et par Clotilde, qui connaissait tout ce destin ; elle ne lui avait tu que le nom. Il y avait donc, à toute extrémité, quelque chose encore à confier. Si un jour, dans une heure crépusculaire et grise, elle s'arrachait cet aveu sacré, alors Clotilde ne pourrait plus rien garder par-devers elle et devrait, elle aussi, ouvrir de la même clef tous les cœurs et tous les coffres de fer.

Mais elle se déprit rapidement de cette idée ; car il lui revint à l'esprit que Clotilde L'avait connu, très brièvement certes, et sans se douter de rien. Et elle eut le sentiment qu'elle pourrait ainsi priver de ses sortilèges, dans le cœur de son amie, le bien-aimé qu'elle avait souvent dessiné avec tant de magnificence et qui serait dès lors rabaissé au rang d'une prosaïque image de la mémoire. Il était du reste impossible que cette image fût agréable à Clotilde, car Il l'avait en son temps manifestement négligée pour se tourner ouvertement, en dépit du nom, notons-le, vers Rosine. Rosine souriait encore à cette représentation. Cette histoire de nom ne s'arrêtait d'ailleurs pas là. Car il ne s'appelait pas à vrai dire comme on doit s'appeler. Il s'appelait : Jacob Gans[1]. C'était un malheur ; car, premièrement, Jacob est un nom de corbeau et non d'être humain à l'avant-dernier chapitre d'un roman, et ensuite Oie n'était pas joli, et en plus était faux, puisqu'il eût fallu dire «jars». Que Rosine, en effet, l'appelât toujours Rolf ou Robert ne changeait rien à cette destinée, comme n'y changeait rien le fait que Rosine se nommât Thea quand elle rêvait, ou du moins se fît appeler ainsi par le Robert de ses rêves.

---

1. *Gans* signifie «oie», *Jakob* désigne souvent le corbeau et *Rosine* signifie «raisin sec».

Ils étaient finalement tous deux victimes de la même infortune, ce qui ne faisait cependant que renforcer la certitude de leur union prédestinée.

Dieu a sans doute pardonné à Jacob d'avoir plus tard révisé cette opinion ; car Jacob Oie était malgré tout plus propre à devenir célèbre (on pouvait peut-être alors l'écrire en latin) que ne convenait au mariage l'épouvantable nom de Rosine.

Ainsi Rosine, à cette époque, n'était-elle qu'indulgence et conciliation, s'essayait à jouer de ses doigts raides sur le piano désaccordé quelques *lieder* de Schumann depuis longtemps oubliés, lisait Heine dans son exemplaire de communiante et, avant de s'endormir, allait et venait dans sa chambre les cheveux défaits.

Mais ni les *lieder* de Schumann ni les tresses dénouées n'arrêtèrent les ans. Quand elle les eut fêtés pour la quarante-cinquième fois, elle mit involontairement fin à tout : à Schumann, à la lecture de Heine et au dénouage des tresses. Elle se sentait vieillir au service de sa mission. Elle remarqua qu'elle apercevait sa chevelure dans le miroir, même quand la pièce était obscure, parce qu'elle emprisonnait quelque chose comme un rayon de lune. Et ce quelque chose devenait chaque jour plus clair et plus distinct. Par l'effet d'un constant exercice, sa mélancolie était devenue tout à fait inconsciente. Rosine, sans s'en apercevoir, s'enfonçait toujours davantage dans ses ténèbres comme dans une grande forêt. Enfin, quand elle fut au cœur de la forêt, un orage éclata. Cette sorte d'orage renferme bien des dangers : tout d'un coup, il n'y avait plus en elle que de la haine. Haine contre l'impitoyable destin qui lui avait imposé le joug d'acier de cette mission pénible et sans espoir, haine contre sa propre oisiveté, haine contre les pièces où elle attendait, comme prisonnière à perpétuité, et agonisait dans le sacrifice pour une cause secrète, haine surtout contre Clotilde dont l'apparent rôle de spectatrice lui apparaissait brutal et vulgaire.

Si du moins elle eût pu initier un tiers ! Mais elle vit bientôt que cela n'était pas possible, ne fût-ce que parce qu'elle n'était pas en mesure de convaincre un étranger de la grandeur et de l'importance que revêtait le devoir assigné à sa vie. C'eût été pour elle une consolation si le tumulte du combat qui faisait rage dans son âme n'eût pas été privé d'observateur, si son héroïsme incomparable et solitaire avait trouvé un biographe compréhensif, son émouvant sacrifice un poète inspiré. Mais c'était sans espoir, et elle pleurait beaucoup, le jour, de colère, et la nuit d'émotion au spectacle de son désintéressement sans exemple.

La rage et les larmes la rendirent enfin très malade.

Le docteur venait prendre tous les jours un quart d'heure de repos auprès de son lit, nettoyait en haussant les sourcils ses lunettes rondes et demanda un jour, non sans intention sans doute, si le curé était reçu à la maison. On pourrait peut-être organiser une partie de whist à trois. Rosine ne fut pas peu étonnée de voir Clotilde acquiescer de la tête, et le curé vint, parla de félicité éternelle et indiqua l'horaire de la prochaine messe chantée, ajoutant qu'on avait tué le cochon et qu'il y avait le soir une fête au Bœuf Rouge qu'il ne devait manquer sous aucun prétexte.

Dans la nuit qui suivit, Rosine fit trois rêves. L'un avait pour sujet la félicité éternelle et M. le curé. C'était un beau rêve. L'autre, la félicité éternelle, M. le curé et l'orgue, c'était aussi un beau rêve. Et l'autre, l'orgue, qui était en fait M. le curé lui-même, ainsi que la félicité éternelle où les choses allaient au train de la fête du Cochon. C'était un rêve peu chrétien, mais c'était le plus beau des trois.

Et, lorsque le troisième fut fini, Rosine enferma tout, y compris la fête du Cochon et la félicité éternelle, à l'intérieur du Wertheim et promena le Wertheim rêvé à travers toute la maison. Pendant ce temps, elle haletait dans son lit. C'était le quatrième rêve, ou la fièvre.

Le lendemain, Rosine n'avait plus de fièvre, mais elle était triste à mourir. Elle savait que le curé n'était monté ni pour la fête du Cochon ni pour la musique d'église, mais pour la seule félicité éternelle. Et c'était très dur à avaler ; elle savait à présent qu'elle allait mourir, et mourir inassouvie. Comme Moïse. Un désespoir sans nom l'accabla. Elle n'eut de tout le jour qu'une pensée : se lever d'un bond et entasser sur le Wertheim tout ce qui se trouvait dans la pièce, en long, en large et en travers. Mais elle était clouée aux oreillers, les membres remplis de plomb, et n'aurait pu se lever même si les rideaux avaient pris feu. Elle ne cessait d'attendre qu'il se passât quelque chose. Mais le soir vint, tout mécaniquement, et avec lui Clotilde qui posa sur la table la lampe à abat-jour vert. Puis elle s'approcha d'un pas plein de délicatesse.

«Te sens-tu mieux?» l'entendit demander Rosine.

La malade ne répondit pas. Qui pouvait la forcer à répondre?

Clotilde la croyait sans doute endormie et commença à reculer de quelques pas.

Mais alors Rosine jaillit des oreillers. La misérable silhouette dans sa liseuse de flanelle rayée se mit à grandir.

«Ah! dit-elle d'une voix cassée. Tu me demandes comment je me sens? Je suis touchée. Laisse-moi encore un peu de temps. Je fais ce que je peux. Mais je ne peux pas mourir si vite.

— Rosine!» dit Clotilde, effrayée, sur un ton d'apaisement. Elle voulut poser la main sur le front de la malade. Mais la malade la saisit et la rejeta comme une bête venimeuse.

«Ne me touche pas, sans cœur! C'est toi qui m'as poussée dans la tombe. Toi, toi...» Elle perdit la respiration. Elle eut une toux violente, sèche, et elle tremblait. Quand enfin elle se fut remise, elle était comme une enfant. Elle joignit les mains et supplia d'une voix faible, qui s'éteignait : «Clotilde, mon unique, ma bonne Clotilde, montre-moi le Wertheim, montre-moi une fois, une seule, le Wertheim.»

Clotilde attribua tout cela à la fièvre. Elle approcha du lit la lampe verte, alla chercher le coffre noir qui répondit à une douce pression opérée quelque part et s'ouvrit instantanément. Rosine y plongea profondément ses doigts maigres et avides, et ses mains en puisaient le contenu comme puise à une source celui qui meurt de soif. Rien ne lui échappa : il y avait là de vieux billets de loterie qui ne seraient peut-être gagnants que dans l'au-delà, des lettres à moitié en poussière portant des écritures impossibles, des fleurs sèches qui craquaient et des images saintes au parfum étrange, et de pâles photographies. On lisait au verso de l'une d'entre elles : *À la belle Clotilde, en témoignage de fidèle amour de la part de son adorateur Jacob Gans*. Rosine l'avait déjà lue quatre fois sans savoir qu'elle lisait, et elle la lut trois fois encore avant de soupçonner ce qu'elle avait pu lire.

Ses mains retombèrent, comme privées de force, tout leur échappa, Clotilde ramassa prestement toutes ces babioles et enleva des genoux de Rosine le lourd coffret. À cet instant Rosine eut l'impression qu'on retirait la vie à ses membres. Elle fut envahie par une sorte de légèreté, et le flottement d'une ivresse l'étourdit. Elle respirait profondément. Mais un moment après que Clotilde eut quitté la pièce, elle leva les yeux, jeta autour d'elle des regards anxieux et précipités, puis s'abandonna à des pleurs d'abord doux, mais qui peu à peu entraînèrent, tirèrent, secouèrent son corps affaibli comme un torrent déchaîné. Elle était emportée vers des immensités sans rivage. Elle sentait obscurément qu'elle avait pendant trente ans essayé de percer le coffre noir pour n'y trouver enfin que les ruines de son propre rêve.

Elle pleurait comme une enfant, et Clotilde était

debout, désemparée, à côté de son lit. Plus tard, le médecin arriva. Il fit aussitôt venir le curé, et ce n'était pas pour la partie de whist. Et le curé vint et ne parla cette fois que de félicité. Car l'heure en était venue.

Rosine avait résolu le mystère. Elle n'avait désormais plus besoin d'habiter avec Clotilde derrière les géraniums rouges. Elle pouvait maintenant rester seule. Elle allait habiter juste à la limite de la ville. Son déménagement fut bien étrange : elle partit avec quatre chevaux blancs, et tous les bons habitants de Karbach, qui depuis trente ans étaient obligés de dire « Rosine » quand ils disaient « Clotilde », l'accompagnèrent, et les petits garçons de l'école chantaient un cantique.

L'ANNIVERSAIRE

Tante Babette prit une profonde respiration. Le soleil du matin lorgna comme un petit enfant joueur à travers les reflets blancs des rideaux de tulle, saisit son rayon le plus long et le passa, comme une plume d'or, en premier lieu sur le bonnet de nuit blanc, puis sur le front humide de la vieille femme, où il trembla, tressaillit sans repos autour des yeux, de la bouche et du nez, jusqu'au moment où elle prit la susdite respiration et dirigea vers la fenêtre des yeux étonnés, rouges et craintifs. « Ah ! » Elle s'étira pour bâiller voluptueusement. Malgré toute sa mollesse, il y avait dans le son de ce bâillement quelque chose de décidé, de définitif ; c'était comme le tiret que l'on place à la fin d'un travail réussi. « Ah — »

Elle referma les yeux et restait là avec la mine de celle qui vient d'avaler une cuillerée d'un café suave ou de dire une méchanceté bien sentie. La chambre n'était que clarté et silence. Le soleil, espiègle, y projetait toujours plus de rayons, qui, tremblant encore, restaient fichés comme des lances dans les lattes resplendissantes du parquet et les petites tables Empire étincelantes, et quelque kobold invisible en renvoyait des centaines depuis le grand miroir mural en plein dans la figure du soleil.

Comme une lointaine musique guerrière, une clique de mouches bourdonnait contre les vitres pour accompagner les va-et-vient du joyeux combat de lances, et ce doux grondement venait perler goutte à goutte dans le léger demi-sommeil de la bonne tante, et les vagues fraîches du chatoiement printanier effaçaient toujours plus de petits plis de ses traits souriants. Et elle avait proprement l'air jeune lorsque ensuite, avec assez d'énergie, elle se redressa dans ses oreillers et regarda la chambre tout autour d'elle. Tous les objets avaient quelque chose d'étincelant, de neuf qui la réjouissait. Les fleurs sur l'appui de la fenêtre envoyaient par vagues un délicat parfum de jacinthe qui se mêlait à la discrète odeur de lavande montant de ses oreillers. La vieille fille jeta un rapide regard sur la lithographie en couleurs de la Vierge Marie, dont les ombres brillaient d'un vert si effrayant dans la pleine lumière. Ses mains maigres et dures firent un hâtif signe de croix, et sans délai elle réprimanda le canari somnolent qui, malgré la gaieté du matin, ne voulait pas encore chanter. Au retour de la fenêtre, son regard fut accroché par le canapé. Y reposaient, méticuleusement rangés côte à côte : une capote avec un large crêpe de deuil noir, dont le flot retombait lourdement le long du dossier comme un torrent nocturne, une paire de gants noirs, séparés comme par une hostilité irrémédiable, un livre de prières ancestral encore plus noir, et seuls deux mouchoirs très blancs, qui brillaient comme les chevaux blancs d'un cortège funèbre de vierge au milieu de cette abondance de noir et de profonde affliction. La tante fixa sur eux des yeux froids et toutes les rides revinrent comme de vieilles chenilles sur son visage retrouvé. Un moment, elle compta : lundi 12, mardi 13, mercredi 14, jeudi 15, vendredi 16. Et puis son hochement de tête las et résigné constata : on était le 16 avril, vendredi, septième anniversaire de la mort de son frère, M. le haut conseiller des finances Johann August Erdmanner, Dieu ait son âme. Il avait trois ans de plus qu'elle et était mort en laissant une veuve inconsolable et deux enfants encore mineurs, à l'âge, le plus beau et le plus vigoureux chez l'homme, de cinquante ans, muni des sacrements de l'Église, à 4 heures de l'après-midi, juste au moment où tout le monde était sorti pour boire une goutte de café. Et toute la claire chambre matinale s'évanouit aux yeux de la vieille dame. L'image du bon Johannes lui revint, maigre et rabougri comme il l'était, et de la jeune veuve qui avait à peine vécu cinq ans à ses côtés, et du docteur au visage écarlate. Et Hermine, la veuve, croit encore qu'il ne buvait pas — mmah ! Et la bonne sœur, qu'elle s'y entendait à tirer les cartes sur le dos des gens ! celle-là, les cartes lui disaient tout, mais tout. Et c'était bien beau, le lendemain. Ces colonnes dans le journal, et les visites, tous ces visages graves, en pleurs, et la misérable couronne envoyée par le propriétaire, et toutes les belles couronnes : il avait eu un très bel enterrement, M. le haut conseiller des finances Johann August Erdmanner. Et on fêtait dignement chaque année l'anniversaire de sa mort. À 10 heures la famille était rassemblée en grand deuil dans l'église de l'Assomption, et tous avaient des gants noirs, des joues blêmes et des yeux rouges. Et tous ne parlaient la journée durant que d'une voix basse et cassée, comme s'ils avaient constamment le hoquet, ne cessant de s'adresser des hochements de tête avec des visages solennels. Quand ils entraient dans l'atmosphère renfermée de l'église, ils remerciaient d'une voix vibrante d'émotion les vieilles femmes qui s'acharnaient contre les battants de la porte récalcitrante, et ils trempaient leurs mauvais gants noirs dans le bénitier avec tant de constance que le signe de croix qui suivait laissait des traces noires sur leurs traits craintifs et résignés. Entre leurs doigts repliés, les mouchoirs blancs donnaient l'impression d'être à l'affût, n'attendant que l'occasion de se déployer et de s'élever jusqu'aux yeux pleins de larmes. Cette occasion se présentait en abondance. Même le prêtre au frais visage se forçait à entailler les alentours de ses lèvres repues de quelques plissements de chagrin et prenait l'air de celui qui, forçant une langue rétive, va chercher aux commissures de sa bouche le résidu d'un breuvage amer. Et lorsqu'il descendait lourdement jusqu'au bas des marches de l'autel pour s'y effondrer comme un pudding manqué et, accompagné par les borborygmes de son acolyte à la chevelure rousse, entonnait du fond de la poitrine :

« Prions... »,

on ne voyait plus de la société tout entière qu'un indiscernable amas de crêpe et de drap noirs. Le bouleversement de l'émotion était passé à l'allure d'un train rapide sur ceux qui étaient restés, et qui gisaient recroquevillés entre les bancs polis comme des mutilés entre les rails.

Ainsi en avait-il été six fois, et la tante savait, dans ses oreillers parfumés de lavande, qu'il en irait aujourd'hui, pour la septième fois, également de même, exactement de même.

Elle jeta sur le cadran de nacre de la raide pendule Empire un regard aussi désespéré que si elle eût été sur le point de sonner sa propre dernière heure. Elle voulut se lever ; mais, après une brusque secousse, ses mains glissèrent, impuissantes, des dunes blanches du lit comme d'un iceberg impossible à soulever. Elle ressentit le long de la colonne vertébrale et sur la nuque les vifs élancements qui ne s'étaient pas signalés depuis plusieurs semaines, un frisson lui ruissela le long du dos, et sa tête était lourde, embrumée.

Elle poussa un gémissement, elle était très pâle. C'était de cette façon, exactement de cette façon, que sa mère était morte ; tôt le matin d'un jour lumineux, après une mauvaise nuit... et il vint soudain à l'esprit de la vieille femme qu'elle non plus, à vrai dire, n'avait guère fermé l'œil la nuit précédente. Non, c'était certain, à présent elle en était sûre. Une sueur glacée perlait de ses pores. Et elle se souvint que la religieuse qui savait si bien tirer les cartes avait été obligée d'éponger sans cesse, à sa dernière heure, le front de son défunt frère. En était-on vraiment déjà là ? Elle joignit ses mains raides et crispées au-dessus de l'édredon blanc.

Le canari prenait sans cesse un nouvel élan. Les jacinthes semblaient lasses, et le jour clair et pâle s'étendait, s'étirait avec une mollesse prosaïque sur les lames du parquet.

Tante Babette somnolait. Puis une question lui traversa l'esprit : comment son père était-il donc mort ? Elle plissa le front, tant elle faisait d'efforts pour se souvenir. Elle respira : très juste. Ils l'ont ramené à la maison. Il s'était effondré, inconscient, dans la rue. Et elle eut cette certitude : dans son lit, c'est tout de même une grâce... et elle ne bougea plus.

TROIS VIEUX

À soixante-quinze ans, M. Peter Nikolas avait oublié une foule de choses : les mauvais et les bons souvenirs, les semaines, les mois et les années. Des jours seulement il lui restait une vague idée. Et bien que la faiblesse, la faiblesse toujours plus grande de ses yeux lui fît voir chaque coucher de soleil comme une pourpre pâlie et chaque aurore en *vieux rose**, il n'en sentait pas moins le changement. En règle générale, celui-ci le dérangeait, et le vieil homme tenait cet effort pour superflu et déraisonnable. Printemps et automne n'avaient plus pour lui de valeur propre. En fin de compte, il était gelé en permanence, à l'exception de quelques rares instants. Mais alors il lui était parfaitement indifférent de savoir si c'était au feu dans la cheminée ou au soleil qu'il était redevable de leur ardeur. Ce qu'il savait, c'était que le second était beaucoup moins dispendieux. C'est pourquoi, chacun des jours où il apercevait le soleil, il clopinait jusqu'au parc public et s'asseyait sur le long banc placé sous le tilleul, entre le vieux Pepi et le vieux Christophe, pensionnaires de l'hospice des pauvres.

Ses voisins de banc quotidiens étaient sans doute encore plus vieux que lui. Dès que M. Peter Nikolas avait pris place, il produisait un grincement et hochait ensuite la tête. Et à sa droite et à sa gauche, les têtes étaient hochées mécaniquement, comme par contagion. Puis M. Peter Nikolas plantait sa canne dans le sable et posait les mains sur la poignée recourbée.

Au bout d'un moment, il y ajoutait son menton rond et lisse et, entre ses paupières plissées, regardait Pepi à sa gauche. Il observait du mieux qu'il pouvait la tête rouge qui, comme fanée, était suspendue au cou gras et semblait perdre sa couleur; car la large moustache blanche était, à ses racines, entièrement d'un jaune sale. Pepi était assis penché en avant, les coudes appuyés sur les genoux, et crachait de temps à autre à travers ses mains jointes sur le sable, où se formait déjà un petit marécage. Il avait énormément bu toute sa vie et semblait condamné à rembourser à la terre, par acomptes au moins, les intérêts du liquide absorbé.

Comme M. Peter ne remarquait rien de nouveau sur la personne de Pepi, il faisait glisser son menton, sur le dos de ses mains, d'un demi-tour vers la droite. Christophe venait de priser et ses doigts gothiques étaient en train d'effacer soigneusement, d'une chiquenaude, les dernières traces de cette occupation sur sa redingote élimée. Il paraissait incroyablement fragile, et, à l'époque où M. Peter avait encore coutume de s'étonner de temps à autre, il s'était souvent demandé comment le filiforme Christophe s'était débrouillé pour durer toute une vie sans se casser quelque chose. La façon dont il l'imaginait le plus volontiers, c'était sous la forme d'un arbuste filiforme attaché au niveau du cou et des chevilles à un bon et solide tuteur. Christophe, cependant, ne se trouvait pas si mal et lâchait un petit renvoi qui était un signe soit de bien-être, soit de mauvaise digestion. Ce faisant, il ne cessait de broyer quelque chose entre ses mâchoires sans dents, et ses lèvres minces semblaient s'être aiguisées à force de frotter l'une contre l'autre. On eût dit que son estomac fatigué n'avait plus envie de rien digérer, pas même les minutes, et que Christophe était obligé de les mastiquer tant bien que mal l'une après l'autre.

M. Peter Nikolas dirigeait à nouveau son menton vers l'avant et regardait d'un œil larmoyant la verdure. Il était alors dérangé par les enfants, en vêtements d'été, qui bondissaient sans interruption comme des reflets clairs devant le vert des buissons. Il baissait un peu les paupières. Il ne dormait pas. Il entendait le broyage discret du maigre Christophe dont les restes de barbe crépitaient et les crachats bruyants de Pepi qui, çà et là, jurait dans son élocution glaireuse lorsqu'un chien ou un enfant s'approchait trop près de lui. Il percevait le bruit d'un râteau sur le gravier d'allées lointaines, la marche de gens qui passaient et la pleine sonorité des douze coups de l'horloge proche. Il ne les comptait jamais à présent, mais il savait qu'il était midi lorsqu'il y en avait tant qu'on ne pouvait plus les compter. Au moment même du dernier coup, une petite voix venait caresser son oreille : « Grand-père, midi. »

Et M. Peter Nikolas s'appuyait sur sa béquille pour se lever, puis posait doucement une main sur la tête blonde de la fillette de dix ans. Chaque fois, la petite ramassait cette main échouée sur ses cheveux comme une feuille morte et la baisait. Puis le grand-père hochait la tête une fois vers la gauche, une fois vers la droite. Et à droite et à gauche se répétait un hochement mécanique. Et chaque fois Pepi et Christophe, pensionnaires de l'hospice des pauvres, regardaient M. Peter Nikolas disparaître avec la petite fille blonde derrière les buissons les plus proches.

Il arrivait alors parfois qu'à la place qu'avait occupée M. Peter Nikolas fussent restées quelques pauvres fleurs désemparées, oubliées par l'enfant. Alors le maigre Christophe étendait vers elle ses doigts gothiques animés d'un timide désir, et plus tard il les portait à la main, en rentrant, comme quelque chose de rare et de précieux. Le rouge Pepi crachait alors avec mépris, et l'autre se sentait honteux.

À l'hospice cependant Pepi le précédait et plaçait, comme d'une manière totalement fortuite, un verre rempli d'eau sur la fenêtre de leur chambre. Puis il restait assis dans le coin le plus sombre et attendait que Christophe plaçât dans le verre posé sur la fenêtre ces quelques pauvres fleurs.

LA FUITE

L'église était totalement déserte.

Par le vitrail multicolore qui surmontait le maître-autel, les rayons du soir, larges et simples, tels que les représentent les maîtres anciens dans l'Annonciation, se réfractaient dans la nef principale et rafraîchissaient les couleurs pâlies du tapis qui recouvrait les marches. Puis le jubé, avec ses colonnes de bois baroques, partageait l'espace en deux; au-delà, l'obscurité se fit de plus en plus, et les petites lampes perpétuelles clignotaient, de plus en plus compréhensives, devant les saints aux traits assombris.

Derrière le dernier pilier de grès pesant, la nuit était complète. C'est là qu'ils étaient assis, et au-dessus de leurs deux têtes était accrochée une vieille station de chemin de croix. La pâle jeune fille blottissait sa veste brun clair dans le coin le plus sombre du lourd banc de chêne noir. La rose fixée à son chapeau chatouillait le menton de l'ange de bois sculpté dans le dossier et le faisait sourire. Fritz, le lycéen, tenait dans les siennes les mains minuscules de la jeune fille enfermées dans des gants déchirés comme on tient un petit oiseau, avec douceur mais assurance. Il était heureux et rêvait : « Ils vont fermer l'église et ne nous verront pas, et nous serons tout seuls. C'est certain, des esprits se promènent ici la nuit. » Ils se serrèrent l'un contre l'autre, et Anna chuchota anxieusement : « Est-ce qu'il n'est pas tard ? » Alors une image triste leur vint à l'esprit ; à elle, la place, devant la fenêtre, où elle cousait du matin au soir : de là, on ne voyait qu'un affreux mur noirci par un incendie et jamais le soleil. À lui, sa table, couverte de cahiers de latin sur lesquels était ouvert Πλάτων, συμπόσιον. Chacun regardait devant soi, et leurs regards suivaient la même mouche vaquant à son pèlerinage parmi les rainures et les runes du banc d'église.

Ils se regardèrent dans les yeux.

Anna poussa un soupir.

Fritz passa doucement autour d'elle un bras protecteur et dit : « Si on pouvait partir ! »

Anna le regarda et vit la nostalgie qui brillait dans ses yeux. Elle baissa les paupières, rougit, et elle entendit :

« Tous, autant qu'ils sont, je les hais, je les hais du fond du cœur. Tu sais, la manière dont ils me regardent quand je viens de te quitter. Ils ne sont que méfiance et joie sadique. Je ne suis plus un enfant. Aujourd'hui ou demain, dès que je gagnerai quelque chose, nous partirons ensemble, très loin. Envers et contre eux tous.

— Tu m'aimes ? » La pâle enfant épiait la réponse.

«D'un amour indescriptible.» Et Fritz alla cueillir la question sur ses lèvres.

«C'est bientôt que tu m'emmèneras avec toi?» dit la petite en hésitant. Le lycéen gardait le silence. Il leva involontairement les yeux, suivit du regard l'arête du lourd pilier de grès et lut sur la vieille station de chemin de croix : «Père, pardonne-leur...»

Alors il demanda, sur un ton d'inquisition irritée :

«Est-ce qu'ils soupçonnent quelque chose, chez toi?»

Il pressait Anna : «Dis-moi.»

Elle hocha très légèrement la tête.

«Voilà», dit-il, en rage, «je l'avais bien dit, finalement oui. Ces commères. Si je pouvais...» Il enfouit sa tête dans ses mains.

Anna s'appuya à son épaule. Elle dit simplement :

«Ne sois pas triste.»

Ils restèrent ainsi.

Soudain le jeune homme leva les yeux et dit :

«Pars avec moi!»

Anna contraignit à un sourire ses beaux yeux qui étaient pleins de larmes. Elle secoua la tête et eut l'air tout désemparé. Et l'étudiant prit à nouveau ses mains minuscules enfermées dans de mauvais gants. Ses regards plongeaient dans la longue nef. Le soleil s'était éteint, et les vitraux multicolores n'étaient plus que d'affreuses taches aux couleurs mortes. Il n'y avait aucun bruit.

Puis commença, tout en haut de l'espace, un pépiement. Tous les deux levèrent la tête. Ils aperçurent une petite hirondelle égarée qui cherchait d'une aile lasse, désorientée, à regagner l'air libre.

*

Sur le chemin du retour, le lycéen pensa à un devoir de latin en retard. Il résolut d'y travailler le soir même, malgré la répugnance et la fatigue qu'il ressentait. Mais, presque involontairement, il fit un grand détour, s'égara même un peu dans la ville qu'il connaissait pourtant bien, et il faisait nuit quand il pénétra dans sa chambre exiguë. Sur les cahiers de latin était posée une petite lettre. Il lut à la lueur vacillante de la bougie :

Ils savent tout. Je suis en larmes au moment où je t'écris. Mon père m'a battue. C'est affreux. Ils ne me laisseront plus sortir seule maintenant. Tu as raison. Partons. Pour l'Amérique, où tu voudras. Je serai à la gare demain matin à 6 heures. Il y a un train à cette heure-là. C'est celui que mon père prend toujours pour aller à la chasse. Où va-t-il? Je n'en sais rien. Je termine. Quelqu'un vient.

Donc, attends-moi. À coup sûr. Demain 6 heures. Jusqu'à la mort.
Ton

ANNA.

Il n'y avait personne. Où crois-tu que nous pouvons aller? As-tu de l'argent? J'ai huit florins. Je t'envoie cette

lettre par l'intermédiaire de notre bonne qui la donnera à la vôtre. Maintenant, je n'ai plus peur du tout.
Je crois que c'est ta tante Marie qui a bavardé.
Elle nous a donc bien vus, dimanche.

Le lycéen allait et venait à grands pas énergiques. Il se sentait comme libéré. Son cœur battait violemment. Tout à coup, il éprouvait ce que c'était que d'être un homme. « Elle s'en remet à moi. Il m'est permis de la protéger. » Il était très heureux ; il en était sûr : elle m'appartiendra tout entière. Le sang lui monta à la tête. Il dut s'asseoir, et c'est ensuite que la question lui vint à l'esprit : où aller ?

Cette question ne voulait plus s'effacer. Fritz en couvrit l'écho en se levant d'un bond et en s'adonnant à des préparatifs. Il rassembla un peu de linge et quelques vêtements et serra les florins qu'il avait économisés dans son petit portefeuille de cuir noir. Il était plein d'ardeur, ouvrit inutilement tous les tiroirs, prit des objets et les remit à leur place, enleva les cahiers de la table, les jeta dans un coin quelconque et fit savoir à ses quatre murs avec une netteté fanfaronne : « Voilà, on émigre, c'est tout. »

Minuit était passé, et il était assis au bord de son lit. Il ne songeait pas à dormir. Il s'allongea tout habillé, pour la seule raison qu'à force de se baisser, sans doute, il avait mal au dos. Il se demanda quelquefois encore : où ? et dit à haute voix : « Quand on s'aime vraiment... »

La pendule faisait tic-tac. Tout en bas passa une voiture, et les vitres en tremblèrent. La pendule, encore fatiguée d'avoir frappé les douze coups, poussa un soupir et dit péniblement : « Une heure. » C'est tout ce qu'elle pouvait faire.

Et Fritz l'entendit dans un vague lointain et pensa : « Quand... vraiment... »

Mais, aux toutes premières lueurs de l'aube, il était assis, frissonnant, contre ses oreillers et savait avec certitude : « Je n'aime plus Anna. » Sa tête était si lourde : « Je n'aime plus Anna. » Parlait-elle sérieusement ? Disparaître pour quelques malheureux coups ! Et où donc ? Il essaya de se souvenir, comme si elle le lui avait confié : où voulait-elle donc aller ? N'importe où, n'importe où. Il s'indigna : Et moi ? Il faudrait naturellement que je laisse tout tomber, mes parents et — tout ! Mais l'avenir, ce qui viendrait après ! Comme c'était bête de la part d'Anna, comme c'était laid ! Je la battrais si elle était capable de cela.

Si elle était capable de cela.

Quand le premier soleil de mai, si clair et si serein, pénétra dans la chambre, il se mit à espérer : elle ne parlait pas sérieusement. Il se calma un peu ; il avait très envie de rester au lit. Seulement il se dit : « Je vais aller à la gare, et je verrai bien qu'elle ne vient pas. » Et il imaginait la joie qu'il aurait à ne pas voir venir Anna.

Il alla à la gare en frissonnant dans la fraîcheur du petit matin, une grande fatigue dans les genoux. Le hall d'entrée était désert.

À la fois anxieux et plein d'espérance, il guettait les

alentours. Pas de veste jaune. Fritz respira. Il parcourut tous les couloirs, toutes les salles. Des voyageurs allaient et venaient, ensommeillés et indifférents, des porteurs paressaient au pied de hautes colonnes, et des gens de troisième classe étaient assis, moroses, appuyés à des balluchons et des paniers, sous les fenêtres poussiéreuses. Pas de veste jaune. Le portier criait quelque part dans une salle d'attente des noms de destinations. Il agitait une cloche au son aigre. Puis il répéta tout près, de sa voix de crécelle, les mêmes noms de destinations, et puis une fois encore sur le quai. Et toujours il agitait auparavant son affreuse cloche. Fritz se retourna et revint en flânant, les mains enfoncées dans les poches, vers le hall d'entrée. Il était très content et se disait avec une mine de vainqueur : « Pas de veste jaune. Je le savais bien. »

Comme dans un excès de joie, il passa derrière un pilier. Il voulait étudier les horaires pour savoir où conduisait en fait ce maudit train de 6 heures. Il lut machinalement le nom des stations et faisait la tête de quelqu'un qui regarde un escalier bizarre où il a failli se casser le nez. C'est alors que des pas rapides claquèrent sur les dalles. Quand Fritz leva les yeux, son regard eut tout juste le temps de happer, devant la porte de la rampe, la petite silhouette à la veste jaune et au chapeau où se balançait une rose.

Fritz la suivit d'un regard figé.

Puis il fut envahi par une peur, la peur que lui inspirait cette jeune fille faible et pâle qui voulait jouer avec la vie. Et, comme s'il eût redouté qu'elle n'approchât, ne le trouvât et ne le contraignît à partir pour le vaste monde, il rassembla son énergie et courut aussi vite qu'il le pouvait, sans se retourner, en direction de la ville.

KISMÉT

Scène de la vie tzigane

Le puissant Král était assis de toute sa largeur et de tout son poids sur le talus du chemin strié par les ornières. Tjana était accroupie à son côté. Elle pressait son visage d'enfant dans ses mains brunes et elle restait ainsi, les yeux écarquillés, écoutant, épiant. Ils regardaient le soir d'automne. Devant eux sur la prairie blême, malade, se dressait la roulotte verte, et au-dessus de la porte flottaient doucement des langes de toutes les couleurs. De l'étroit conduit de cheminée sortaient les tourbillons d'une légère fumée bleue qui s'effilochait en hésitant dans l'air lourd. Derrière, sur les pentes qui semblaient venir mourir en longues vagues basses, pataugeait la haridelle de trait qui broutait à la hâte le maigre regain. Souvent elle s'arrêtait, levait la tête et regardait de ses bons yeux patients ce même soir où s'enflammaient et saluaient des petites fenêtres de village.

« Dis-moi, commença Král avec une farouche décision, c'est à cause de toi qu'il est là. »

Tjana se taisait.

« Sinon, que fait Prokopp ici ? » maugréa Král.

Tjana haussa les épaules, arracha d'un geste vif une herbe longue et argentée et la tint, joueuse, entre ses dents d'une blancheur étincelante. Puis elle ne bougea plus, comme si elle comptait les lumières du village.

Puis, en face, l'angélus commença.

La petite cloche aiguë, épuisée, se hâtait de finir. Elle s'arrêta brusquement. Il restait dans l'air comme une plainte. La jeune Tzigane rejeta ses bras sveltes en arrière et s'adossa à la pente. Elle ferma les yeux. Elle entendait la timide stridulation des grillons et la voix fatiguée de sa sœur qui chantait une berceuse dans la voiture verte.

Tous deux passèrent un moment à écouter. Puis l'enfant, dans la voiture, se mit à pleurer, doucement, en notes longues et désespérées. Tjana tourna la tête vers le Tzigane et dit, moqueuse : « Tu ne vas pas aider ta femme, Král ? L'enfant pleure. »

Král lui saisit la main.

« C'est à cause de toi que Prokopp est là », dit-il, furieux, pour seule réponse.

La fille hocha la tête avec défi : « Je sais. »

Alors le puissant Král lui saisit aussi l'autre main et la pressa contre la pente. Tjana était comme crucifiée. Elle se mordit les lèvres jusqu'au sang pour ne pas crier. Il s'était penché sur elle avec un air de menace. Tjana ne voyait plus rien du soir. Elle ne voyait que lui et ses larges et lourdes épaules. Il était si grand au-dessus d'elle qu'il cachait la voiture, et le village, et le ciel pâle.

Elle ferma les yeux l'espace d'une seconde et sentit : « Král veut dire roi en allemand. Et c'en est un. »

Mais l'instant d'après, elle ressentit la brûlante douleur à ses poignets comme une humiliation. Elle sursauta, se libéra dans une brusque secousse et se dressa devant Král avec des yeux farouches qui lançaient des étincelles.

« Que veux-tu ? » gémit-il.

Tjana sourit doucement : « Danser. »

Et elle leva ses bras sveltes et délicats d'enfant et les fit doucement, lentement flotter de haut en bas et de bas en haut, comme si ces mains brunes allaient se transformer en ailes. Elle renversa la tête, profondément, au point que ses cheveux noirs glissèrent de tout leur poids, et elle offrit à la première étoile son sourire étranger. Ses pieds nus, aux attaches légères, cherchaient un rythme en tâtonnant, et il y avait dans son jeune corps un balancement et un enlacement, à la fois volupté consciente et abandon sans volonté, comme on les trouve chez les fleurs délicates aux longues tiges quand elles reçoivent le baiser du soir.

Král se tenait devant elle, les genoux tremblants. Il voyait le bronze pâle de ses épaules nues. Il le ressentait obscurément : Tjana dansait l'amour.

Chacun des souffles d'air qui passaient sur les prairies venait épouser ses mouvements en une caresse légère et cajoleuse, et toutes les fleurs, dans leur premier rêve, rêvaient de se balancer et de saluer ainsi. Dans le flottement de sa danse, Tjana s'approchait toujours davantage de Král, et elle s'inclinait avec un air si lointain et si étrange que l'homme, absorbé par la contemplation, avait les bras paralysés. Il était là comme un esclave à écouter la course folle de son cœur. Tjana le frôla comme un souffle et la braise de ce mouvement proche le submergea comme une vague. Puis elle glissa loin, bien loin, sourit fièrement, victorieusement, et elle sentit : « Non, ce n'est pas un roi. »

Le Tzigane se réveilla lentement et la suivit comme l'image d'un rêve en tâtonnant, en secret. Soudain il s'arrêta. Quelque chose venait s'insérer dans le balancement flottant de Tjana. Une chanson légère, fluctuante, qui semblait sommeiller depuis longtemps au fond de sa mobilité et qui s'épanouissait maintenant dans ses rythmes avec une richesse toujours plus grande. La danseuse hésita. Tous ses mouvements se firent plus lents, plus doux, comme à l'écoute. Elle lança un regard à Král, et tous deux éprouvèrent la chanson comme quelque chose de lourd, de paralysant. Ils dirigèrent involontairement leurs yeux dans la même direction, et ils virent que Prokopp approchait sur le chemin. La silhouette de son corps de jeune garçon se découpait sur le crépuscule gris d'argent. Il marchait comme privé de conscience, le pas rêveur, et jouait sa chanson légère sur un simple chalumeau de paysan. Ils le voyaient approcher de plus en plus. Alors Král bondit et arracha la flûte de bois des lèvres du jeune garçon. Prokopp, se ressaisissant aussitôt, enserra de ses mains viriles les bras de l'agresseur, le maintint fermement ainsi et soutint d'un œil interrogateur le regard brûlant et hostile de Král. Les hommes se faisaient face. Tout était parfaitement silencieux alentour, et la voiture verte regardait la campagne par ses petites lucarnes mal éclairées comme avec deux yeux tristes, qui attendaient.

Sans un mot, les Tziganes abandonnèrent leur prise. Tous deux regardaient vers Tjana. Král avec la flamme du défi, le jeune homme à côté de lui avec dans son œil sombre un aveu teinté d'interrogation. Sous les regards de ces deux hommes, Tjana s'effondra. Elle eut fugitivement l'impression qu'elle devait aller vers Prokopp, l'embrasser et lui demander : « Où as-tu trouvé cette chanson ? » Mais elle n'en trouvait pas la force. Elle restait accroupie sur le talus, désemparée comme une enfant qui a froid, et elle se taisait. Sa bouche se taisait. Et ses yeux se taisaient.

Un moment, les hommes restèrent en attente ; puis Král lança à l'autre un regard d'hostilité, de défi, et passa le premier. Prokopp ne bougeait pas encore. Tjana lut l'adieu dans ses yeux tristes. Elle tremblait. Puis la forme svelte et déliée se transforma toujours davantage en une ombre et se perdit sur le chemin que Král avait emprunté. Tjana entendit les pas s'éteindre sur les prairies. Elle retenait son souffle et épiait la nuit.

Un souffle passa sur les champs de la plaine, chaud et paisible, comme l'haleine d'un enfant endormi. Tout était clair et silencieux ; et du vaste silence se détachaient les bruits légers de la jeune nuit ; frôlement des feuilles dans les antiques tilleuls, un ruisseau quelque part, et la lourde et mûre chute d'une pomme dans l'herbe haute de l'automne.

BONHEUR BLANC

L'employé d'assurances Theodor Fink se rendait de Vienne sur la Riviera. En chemin, il découvrit dans son indicateur qu'il arrivait à Vérone au milieu de la nuit et devait y attendre deux heures sa correspondance. C'était encore une chose qui ne contribuait nullement à améliorer son humeur. Il alluma une cigarette, en trouva la fumée insupportable et la jeta par la fenêtre en lui faisant décrire un grand arc de cercle ; ses regards suivirent le point incandescent qui s'enfonçait dans le paysage insipide et pâle du mois de mars où, dans les creux de vallées les plus profonds, des résidus de neige gisaient comme des coussins sales. Cela l'ennuyait tout autant que le roman à couverture jaune posé à côté de lui sur le siège, et c'est avec mauvaise humeur qu'il reprit pour la dixième fois la lettre que son frère malade lui avait écrite de Nice. Plus il lisait ces lignes hâtives et instables, plus nette était son impression qu'il répondait à l'appel d'un mourant. Et il se sentait de plus en plus mal à l'aise. Il n'avait jamais eu beaucoup de sympathie pour ce frère tardif, de sept ans plus jeune, car sa nature maladive, fragile, suscitait sa répulsion, et sa sensibilité trop subtile avait pour lui quelque chose d'inquiétant et d'étranger. Il redoutait les jours à venir avec toutes leurs émotions et leurs difficultés, et il ressentait accessoirement une pitié sincère qu'il tentait cependant d'apaiser en se disant sans cesse : « Ce serait un bonheur pour lui. Quand on est malade. » Sur quoi, il s'endormit.

Éreinté par les secousses, les membres douloureux et encore tout embrumé de sommeil, il fut le seul à descendre à *Verona vecchia* et suivit le portier silencieux jusqu'à la salle d'attente de deuxième classe. Son guide l'abandonna devant les hautes portes vitrées. Theodor Fink poussa le battant du coude et attendit sur le seuil que ses yeux se fussent habitués à l'obscurité de la pièce. Peu à peu, il distingua les portes cintrées qui, en face de lui, donnaient sur le quai, et quelque chose qui se dressait au milieu de la salle sur des pattes puissantes comme un monstre aux nombreuses bosses ; c'était une table couverte d'un grand nombre de bagages. Fink aperçut aussi enfin les banquettes qui faisaient le tour des murs et se traîna jusqu'à la plus proche devant lui afin d'y poursuivre le somme interrompu. Il reconnut le banc à tâtons et, juste au moment où il se penchait, quelqu'un passa à l'extérieur avec une lanterne, de sorte qu'une lueur fit brièvement irruption et éclaira un instant le visage couvert de barbe d'un homme qui dormait. Fink retrouva ses esprits et poussa un juron. Sa voix résonna dans la salle plus fort qu'il ne s'y était attendu, et tous les angles renvoyèrent comme des réponses : un gémissement, le mouvement de quelqu'un qui s'étire, le grincement d'une banquette, une parole insensée et sans timbre prononcée en rêve. Le nouvel arrivant resta un instant comme cloué au sol. Il se disait : « Il y a donc partout des gens qui dorment, ici. » Puis il longea les murs. À proximité du coin le plus sombre, il sentit une place libre et s'y laissa tomber comme sous l'épuisement. Il restait assis sans oser la tentative d'étendre les jambes ; il était persuadé que des gens étaient allongés à sa droite et à sa gauche, et il craignait de les toucher. Il gardait son immobilité ; et la sueur perlait à son front. Ses paupières étaient lourdes et tombaient lentement, mais il les relevait toujours sans tarder, comme dans une terreur soudaine, pour essayer de s'orienter dans cette pièce inhospitalière sur le parquet de laquelle des lumières passaient de temps à autre fugitivement, comme des mouettes. Fink respira profondément quand la porte par laquelle il était entré se mit à grincer. Sur la pénombre mate et rougeâtre du couloir se détachaient en ombres chinoises deux ou trois silhouettes. De nouveaux voyageurs entraient dans la salle. La porte retomba derrière eux et Fink s'efforça de suivre les silhouettes du regard. Mais muettes, sans un bruit, elles se fondirent dans la lourde obscurité et seul le grincement d'une banquette laissa penser qu'elles s'étaient assises quelque part. À nouveau le silence régna. Mais Fink, sous la tension de sa fatigue, découvrait mille bruits qu'il essayait de suivre et sentait dans chaque son quelque chose d'étranger et d'hostile. On aurait dit que tous ces êtres humains se rapprochaient constamment de lui, et l'obscurité qui l'entourait prenait corps, de sorte qu'il finit par gratter à la hâte une allumette et respira, soulagé, en distinguant devant lui le grand vide noir. Il n'en continuait pas moins à en allumer sans cesse de nouvelles pour se rassurer complètement. Alors que l'une d'elles venait de s'enflammer en crépitant, une voix retentit dans le coin : « Ça éblouit, excusez-moi. » Fink tendit l'oreille à cette sonorité douce et agréable. Puis, tout à fait involontairement, il dirigea vers la voix le tison presque totalement consumé et crut apercevoir l'espace d'un instant un visage de femme dissimulé par un voile épais. Puis la lumière s'éteignit, et il se retrouva assis dans l'obscurité à attendre la voix. Et elle vint : « C'est effrayant de passer la nuit dans la même pièce que tant d'étrangers. N'est-ce pas ? Les gens sont si bizarres la nuit, et leurs secrets, trop grands pour eux, les dépassent. C'est effrayant. Mais la lumière éblouit tellement. » Fink sentit que la chère et douce voix avait exprimé ce qui l'angoissait lui-même. Mais la dernière phrase, qui sonnait comme une excuse, chassa d'un coup en lui toute l'inquiétude, il comprit que c'était une jeune, peut-être même une belle femme qui était assise à côté de lui, et il ressentit soudain de l'excitation à l'idée qu'il serait possible d'abréger les heures d'attente par une petite aventure.

Il tortilla involontairement sa moustache et se pencha avec prévenance vers le coin sombre : « Madame descend sans doute vers Nice ?

— Non, je reviens dans mon pays.

— En mars, déjà ? Il fait encore très froid en Allemagne. Ce n'était donc pas pour une maladie que vous étiez là ?

— Oh, si, je suis malade. » Elle dit cela avec tristesse, mais sans révolte. Fink garda un silence surpris et embarrassé. Ses yeux cherchaient dans l'obscurité mais ne distinguaient rien. L'air était poussiéreux, épais. D'un rêve quelconque monta un gémissement, et dehors la sonnerie fit le bruit d'un grillon.

Pour répondre quelque chose, Fink dit : « Moi, je ne suis pas malade. Mais mon frère, oui. Il est à Nice, et il ne va pas bien ; c'est pour cela que j'y vais. »

Et la voix, dans l'obscurité : « Oh, ramenez-le avec vous. Même s'il ne va pas bien. Là-bas, au début du printemps, tout est triste. La vie et la mort... »

Theodor Fink fit un mouvement, et la malade dit encore d'une voix sans timbre : « Les gens fatigués et les malades doivent rester chez eux. » L'employé pensa : « Elle doit être encore jeune », et il se sentit stupide, maladroit et brutal lorsqu'il répondit : « Il vous faut tenir compte du climat, mademoiselle... »

Elle sembla ne pas avoir entendu et poursuivit : « Moi-même, je rentre chez moi. J'étais triste avec ces fleurs et toute seule...

— Vous êtes assurément encore très jeune, mademoiselle », l'interrompit Fink, tout en s'irritant d'avoir dit cela.

« Oui, dit-elle avec simplicité, je suis jeune. » Il devina qu'elle souriait. « Mais c'est pour cela que j'aime être seule. Même chez moi, je suis souvent seule ! »

Theodor Fink prépara sa question : « D'où êtes-vous ? » Mais il ne put la prononcer, car elle continuait à parler, et sa voix, ce faisant, devenait toujours plus moelleuse, plus rêveuse, avec une sonorité qui semblait venir du lointain.

Elle rêvait : « J'ai une chambre blanche. Pensez. Elle a des murs si clairs qu'il y reste toujours un peu de soleil. Même si dehors le jour est gris. Et dehors, le jour est souvent gris. Mais ma chambre est toujours lumineuse. Les fenêtres sont voilées de tulle blanc, et derrière il y a quantité de fleurs blanches. Des petites fleurs qui chez moi ne s'épanouissent jamais tout à fait. Leur parfum non plus n'est pas fort, mais tout est imprégné de leur odeur : mon mouchoir, mes oreillers, mes livres de chevet. Sœur Agathe arrive chaque matin et sourit. Elle sourit toujours quand elle arrive chez moi, et elle reste assise au bord de mon lit, sous sa cornette blanche. Quand on touche ses mains, on dirait des pétales de rose. Elle ne sait rien du monde, et moi non plus : c'est pourquoi nous nous comprenons. Ce n'est que parfois, si rarement, lorsque les rayons du soleil sont chauds, que nous nous asseyons à la fenêtre et regardons au-dehors. Alors s'étale devant nous tout ce qui est grand et qui fait du bruit : la mer, la forêt, le village, les gens. Le dimanche, quand on sonne les cloches, c'est comme un souvenir. De bonnes gens des anciens jours viennent frapper à ma porte. Ils entrent chez moi comme à l'église — des fleurs à la main, sur la pointe des pieds, et en habits de fête... »

Tout était silencieux. Même la sonnerie, à l'extérieur, se taisait.

Theodor Fink avait les yeux fixés sur l'obscurité. Il attendait la voix. Il sentit : elle va continuer à parler de la même voix suave, argentine, et me dira beaucoup de choses. C'est comme une confession que je ne peux pas comprendre. Peut-être y aura-t-il quelqu'un, parmi tous ces étrangers sur ces banquettes, qui la comprendra. Moi, je ne la comprends pas. Elle me fait peur. Simultanément, Theodor Fink se leva sans bruit, en évitant de faire grincer la banquette, et gagna à tâtons la porte du couloir. Il la referma avec beaucoup de précaution derrière lui. Puis il se précipita, comme si on le poursuivait, le long des couloirs faiblement éclairés, passant devant les employés somnolents, jusqu'à la sortie. Enfin il trouva le grand portail. Il ne savait pas qu'il descendait à la course l'allée de tilleuls sombre et étrangère en direction de la ville, il ne sentait plus qu'une chose : « Je ne la comprends pas. » Ce n'est que lorsque la voiture postale du petit matin, la première, le croisa en roulant vers la gare qu'il s'arrêta et ôta son chapeau. Le vent du matin remuait doucement les branches des vieux tilleuls, soufflant sur son front une foule de petites fleurs fraîches.

L'ENFANT JÉSUS

Décédée, portait en caractères indifférents, brutaux, luisants l'épais registre vert de l'hôpital. On lisait sur la même ligne : « 2ᵉ étage, chambre 12, n° 78. Horvát, Elisabeth, fille de forestier, 9 ans. »

*

Le début de ce soir de février plongeait dans la chambre 12 un regard de pénitent rougi par les pleurs, las et grognon. Les murs gris clair de la chambre de malades semblaient se dissoudre dans un demi-jour de la même couleur, et le crucifix noir flottait dans les airs. On apercevait les contours indistincts des lits de fer. L'atmosphère du crépuscule pesait comme un mauvais sort sur les enfants qui partageaient les lits deux à deux. Quelque part dans le coin sombre, l'une d'elles versait en silence des larmes désespérées, une autre racontait quelque chose d'une voix douce et prudente, comme si elle eût été au chevet de sa mère malade, et une petite fille, la plus proche de la fenêtre, se tenait redressée contre ses oreillers ; elle avait remonté ses genoux qu'elle entourait de ses bras. Son profil et son épaule arrondie se découpaient vivement en ombre chinoise sur la fenêtre gris pâle. Et l'air saturé de phénol était si épais qu'on eût dit que le son timide des paroles de la petite fille qui babillait rebondissait sur lui, de sorte que seuls les pleurs invisibles du coin trouaient le crépuscule de leurs notes acérées. Il en va ainsi, dans la forêt, par les après-midi brumeux du début de l'automne : les voix du ruisseau et des herbes se perdent dans la mer de brouillard, et seuls les gémissements de sa pointe torturée par le vent traversent de leurs vibrations le sapin solitaire.

À présent l'infirmière chargée des enfants entrait dans la chambre d'un pas délicat. Elle alluma le bec de gaz qui, dissimulé par une étoffe verte, était fixé au mur central de la pièce. Les flots de la lumière couleur de lune se répandirent avec la mollesse d'une vague qui vient mourir sur le sable d'une plage, éclairant presque également les cinq lits de fer. Mais l'infirmière écarta légèrement le rideau : la lumière crue et rouge jaillit sans retenue, avec une impitoyable violence. L'un des tableaux d'un noir mat appliqués aux murs s'éclaira totalement ; il portait le numéro 78. Le lit qu'il surmontait était bouleversé et vide. L'infirmière s'en approcha, enleva les draps et lissa le matelas.

Les enfants avaient tous fait silence. Ils suivaient chacun des mouvements de l'infirmière d'un œil ébloui, qui fuyait la lumière. Même la petite fille dans le coin avait cessé de pleurer. Elle s'était assise, appuyant la tête sur ses deux menottes, et au-dessous du bandeau blanc comme neige de son front brillaient ses yeux ardents, grands ouverts, exprimant une unique et sombre question.

La nurse lui jeta sur les genoux la poupée qu'elle avait trouvée sur la couche abandonnée. L'enfant tressaillit à peine et ne toucha pas au jouet. Comme si ses yeux eussent été fixés sur une flamme crue et destructrice, un reflet instable et vacillant lançait des étincelles dans ses yeux enfiévrés. Et dans une confuse angoisse, l'enfant qui partageait son lit se tapit sous la couverture.

Alors la petite fille près de la fenêtre se retourna, et sa voix était comme un cantique du dimanche :

« Est-ce que Betty est un ange maintenant ? »

L'infirmière approuva de la tête, sourit et étendit de ses mains blanches le couvre-pied bleu clair sur le lit vide.

*

La mort est un changement de numéro. La petite Élisabeth était maintenant couchée dans la chambre du bas dont elle avait souvent vu, de sa fenêtre, les murs extérieurs blancs. Elle avait rapetissé et prenait, avec ses pieds refroidis, peu de place dans le simple lit de bois auquel était déjà fixé le nouveau numéro. Le numéro de la tombe, là-dehors. Celle-ci était déjà prête ; mais elle n'était pas noire et béante comme la gueule d'un animal monstrueux. L'arrivée de la nuit commençait d'y tisser un linceul de neige chatoyant de blancheur, rendant l'endroit aussi gracieux et attirant que le petit lit d'un enfant de riches. Et la petite Betty dans sa chambre silencieuse était couchée si câline et si confiante qu'on eût pu croire qu'elle le savait. Ses petites mains d'une blancheur de cire tenaient, comme pour jouer, une petite croix de bois, sa chevelure rayonnait comme une auréole depuis le nuage de dentelle de son oreiller mortuaire, et autour de ses lèvres minces et pâles s'épanouissait un sourire mélancolique ; c'est ainsi qu'une couronne d'immortelles enlace une page de missel jaunie.

Souriait-elle parce qu'elle avait déjà vu sa mère bien-aimée, qui l'attendait maintenant depuis quatre ans auprès du Bon Dieu ? La petite âme s'était-elle déjà, sur ses jeunes ailes de papillon, chatoyantes de blancheur, envolée pour sa patrie éternelle à travers les brumes grises et la nuée des étoiles souriantes ? Les agitait-elle déjà au-dessus de la vaste Voie lactée, où tant de vaillants anges sont occupés à souffler de nouvelles étoiles comme font les enfants sur terre avec les bulles de savon ? Était-elle peut-être même déjà auprès du Bon Dieu, qui devait avoir une grande barbe d'argent et une grande couronne lumineuse ?

C'était bien là qu'il était permis d'aller aux âmes pures ?

Et les cicatrices ne pénètrent tout de même pas jusqu'à l'âme, n'est-ce pas ?

Elles se contentent de ramper sur le petit corps mort comme des chenilles rouges et venimeuses. — Et si le

Bon Dieu ordonne que la petite Élisabeth paraisse devant lui affublée de ce petit corps, les blessures ne manqueront pas de guérir à l'instant, et même au ciel, où il fait très clair, on ne verra pas la moindre égratignure.

Et c'est très bien ; car le Bon Dieu et sa bonne maman, il ne faut pas qu'ils sachent que la petite Betty a été battue jusqu'au sang par sa marâtre. Qu'ils ne l'apprennent jamais — c'était sans doute la prière que faisait la petite fille aux mains pâles et jointes, aux lèvres muettes et mortes dans l'obscurité de la morgue.

*

Bienheureux jour de Noël où les enfants, leurs petites jambes trépignant et leurs yeux brillant d'impatience, espionnent à la porte verrouillée, derrière laquelle se préparent des miracles parfumés et lumineux, regardent, l'air important, leur mère faire braiser le poisson de fête pour le repas du soir et, de vieilles chansons sur leurs jeunes lèvres, vont en sautillant baiser les mains douces et ridées de la grand-mère qui rêve dans le haut fauteuil à oreilles près du feu babillant. Et puis le père rentre sans doute aussi, des perles de neige dans la barbe, apportant avec lui un bon morceau d'hiver, et il parle de l'Enfant Jésus qu'il a rencontré sur les chemins balayés par le vent, et qui a des cheveux comme de l'or pur et les mains pleines de choses merveilleuses de toutes les couleurs. — Et dehors la tempête hurle, et quelque part sonnent les grelots d'un traîneau, et tout est si mystérieux et si grand et si solennel qu'on ne l'oubliera jamais — de toute sa vie.

Et la petite Élisabeth n'avait pas oublié non plus que c'était comme cela autrefois, quand maman vivait encore et que l'étrangère à la figure rouge ne mangeait pas encore à cette table. Et elle frissonnait, recroquevillée près du foyer où flambait un feu violent et inhospitalier.

La nostalgie de sa mère était bien grande tout à coup. Et quand la grosse femme la chassa de la cuisine en la frappant, elle alla se tapir comme un chien battu dans le coin le plus reculé des combles pour y ravaler doucement ses pleurs. Et ce fut comme si tout le poids, toute l'obscurité se dissolvaient dans ces larmes silencieuses. Elle ne savait enfin plus qu'une chose, que c'était aujourd'hui Noël à nouveau, et que tous les enfants sages devaient être joyeux parce que l'Enfant Jésus parcourait le monde.

Son père la trouva, lui passa dans les cheveux une main tremblante et lui fit cadeau de quelques sous — toute une fortune pour l'enfant. Et Betty fit un petit bond et se suspendit des deux bras, le rire et la clarté dans l'œil, au cou de son père.

C'était comme un adieu.

Deux heures plus tard la petite, les sous de son père serrés dans la main droite, trottinait dans les rues de la bourgade. Ce jour de Noël était blanc, sans un souffle, et la neige cristallisée ourlait comme d'une fourrure blanche les minces chaussures de l'enfant. Elle se dirigea vers la forêt. Aux dernières maisons, elle rencontra une camarade de jeux. Celle-ci lui barra le passage et lui dit d'un ton supérieur : « Tu crois que l'Enfant Jésus viendra aussi chez toi ? »

Betty écarquilla ses grands yeux bleus et répondit avec une profonde conviction : « L'Enfant Jésus va chez tous les enfants sages. »

Et les cloches de midi lancèrent leurs coups grandioses et graves dans la Nativité rouge de froid comme pour répondre « Amen ».

*

À la dernière épicerie, Élisabeth échangea ses sous contre quelques petites bougies, une longue guirlande scintillante et multicolore, des allumettes et un gigantesque cœur en pain d'épice. Chargée de ces trésors, elle courut jusque dans la forêt où elle ne rencontra plus personne que les gens qui, à l'écart du chemin, ramassaient du bois mort ; et ceux-là paraissaient chagrins, gelés, et ne faisaient pas attention à l'enfant.

Il est un endroit dans la forêt où le soir, qui va, anxieux comme un vieil avare, cacher son or derrière la prochaine montagne, s'attarde un moment comme s'il avait du mal à se séparer de cette belle terre. Là se dressent sur leurs longues tiges des fleurs blanches qui balancent alors leur splendeur dans la dernière haleine du vent, comme des enfants agitent leur mouchoir quand leur père les quitte. Ainsi en va-t-il de l'été. Mais même au milieu de l'hiver, lorsque le soir précocement las traîne ses semelles rouges sur les reflets de la neige, il s'y arrête pour se reposer et met sa dernière ardeur dans le baiser qu'il donne à la vieille madone du chemin, qui habite sur sa colonne de pierre usée par les intempéries et qui, dans sa mélancolie solitaire, l'accompagne de son sourire.

C'était l'endroit favori de la petite Élisabeth. Elle s'y était souvent réfugiée, le dos brûlant de coups, pour raconter sa souffrance, comme à une mère, à la Reine des Cieux oubliée. Et, souvent, elle avait eu l'impression que la statue de pierre avait les traits de sa petite maman défunte. Et, maintenant, elle aimait cet endroit bien davantage encore. Aussi longtemps qu'il y avait des fleurs, il ne se passait pas de jour sans que l'enfant dissimulât le clou rouillé sur le socle sous une parure toute fraîche ; eh, quoi ! si tous les autels du pays n'avaient qu'un seul fidèle de cette sorte, Dieu ne pourrait pas ne pas se pencher sur le monde !

Ce soir de Noël-là, la petite suivit également son chemin habituel, traînant avec elle les babioles qu'elle avait achetées. Un plan secret faisait briller ses yeux et donnait des ailes à ses pas. Elle jeta à la madone de pierre un regard à la fois mutin et plein de respect qui était censé dire : « Hein, je suis courageuse ? Tu ne m'attendais pas, aujourd'hui. »

Puis elle se mit sans hésiter à l'ouvrage.

De l'autre côté du chemin au bord duquel se dressait la colonne commençait un bois de jeunes sapins. La petite fille choisit l'un des premiers arbres, dont elle pouvait tout juste atteindre le sommet, et passa la guirlande de papier multicolore autour des branches horizontales, sur lesquelles de la neige ferme resplendissait déjà comme une étincelante parure de diamants. Puis, en faisant couler quelques gouttes de cire, elle fixa les bougies au bout des branches, et les lumières jaillirent en même temps que la première étoile de la nuit du Salut.

C'était vraiment d'une grande splendeur. La neige fondait autour des petites bougies à la mèche rougeoyante, et c'était un vrai plaisir de voir tout cela scintiller et lancer des éclairs. La petite Élisabeth commença par réciter devant la Sainte Vierge quelques pieuses paroles et s'écria en désignant le petit arbre radieux : « Tu es contente ? » Puis elle mordit fort gaillardement dans le cœur en pain d'épice et, les joues pleines, elle se tenait si près du sapin illuminé que le reflet de cet éclat mettait des étincelles dans la pureté de ses yeux.

La vaste forêt semblait fêter tout entière la naissance du Christ. Les hauts sapins noirs formaient un vaste cercle de respectueux fidèles en prière et fixaient d'un air étonné cet arbuste presque insignifiant de la même manière que les hommes contemplent un enfant prodige. Même les étoiles lointaines semblaient se bousculer au-dessus de cet endroit afin de ne surtout rien manquer et de pouvoir raconter au Bon Dieu, et aux anges, et à la bonne mère de la petite Élisabeth quelle enfant sage elle était.

Dans la pénombre des chemins forestiers, cependant, approchaient, par bonds, de grands oiseaux noirs poussés par la curiosité. Ils avaient peut-être faim eux aussi, se dit l'enfant ; Betty ne ressentait pas la moindre peur, aussi partagea-t-elle le volumineux gâteau en forme de cœur avec ses gloutons d'invités. Elle était si contente, si heureuse qu'elle en aurait chanté, si seulement elle avait su quelque belle et digne chanson.

Les bougies s'étaient déjà passablement consumées ; alors la petite fille s'assit au pied de la sainte image, les yeux pleins de bonheur et ses petites mains bleues de froid. Mais elle ne le sentait nullement. Il régnait autour d'elle un si miraculeux silence, et lorsqu'elle fermait les yeux, elle se voyait assise sur les genoux de sa chère maman dans la salle chaude et familière. L'horloge poursuivait son tic-tac paisible et régulier, et le tourbillon du vent s'enfonçait dans la cheminée crépitante. Sa mère lui caressait doucement, tendrement les cheveux et lui donnait de ses lèvres rouges et souples des baisers au milieu du front. Et elle était belle, sa mère, belle comme la fée dans le conte d'Andersen, et elle portait une étrange couronne sur sa riche chevelure qui descendait à flots.

Et la regarder était si bienfaisant...

*

C'est ainsi que la pauvre petite Élisabeth eut une plus belle fête de Noël que les enfants riches et comblés dans leurs maisons scintillantes.

Elle était très heureuse. Et ce bonheur, tandis qu'elle dormait ainsi aux pieds de la madone, illuminait son petit visage. Ses petites mains étaient fermement, fidèlement jointes, et de la statue de pierre coulait sur l'enfant souriante une ombre noire, comme si la miséricordieuse Reine du Ciel eût étendu sur elle un voile protecteur.

Le petit arbre, dans sa splendeur qui s'éteignait peu à peu, jeta un dernier rayon vif et clair, et la neige commença à tomber, lentement, avec solennité, comme si toutes les étoiles avaient vogué jusque sur la Terre.

*

Deux orphelins, tard dans cette nuit de Noël, sortirent de la ville et traversèrent la forêt en direction du village. Et, hors d'haleine, les yeux brillants, ils racontèrent au curé du village :

« Nous avons vu l'Enfant Jésus, au milieu de la forêt. Il était couché à côté d'un petit arbre qui répandait une lumière magnifique et il se reposait. Et il était beau, l'Enfant Jésus, tellement beau... »

(1893[1])

---

1. En donnant la date de rédaction, Rilke indique qu'il s'agit du plus ancien texte du recueil.

LA VOIX

L'avocat maître Henke était, en ville, un modèle d'ardeur au devoir ; mais les six semaines de vacances qu'il passait, couché sur le dos, sur le rivage blanc des bains de mer de Misdroy, au bord de la Baltique, il les consacrait à une héroïque paresse. Il avait mis ses mains, en guise d'oreiller, sous sa tête aux cheveux ras et regardait le sommet lointain des hêtres. Ce faisant, il était très irrité par son ami Erwin qui, debout devant lui, jetait de petites pierres dans la gueule des vagues qui venaient déferler ; car il était contraint de lui tenir ce grave discours :

« Tu es un âne. Tu es ici pour te reposer. Pas pour te livrer à ce genre d'élucubrations. Je n'y comprends rien. "Une voix." Tu me fais l'effet de quelqu'un qu'il faut marier à tout prix. Je vais d'ailleurs m'occuper de te trouver une femme. Que n'ai-je pas entendu ces jours-ci ! Il est moins fatigant de défendre deux voleurs et un assassin, et de régler la succession d'une tante à héritage morte sans testament que de t'enlever de la tête toutes les sottises qu'elle contient. Tu es surmené. »

Erwin sourit en direction des vagues : « Tu n'as peut-être pas tort. Je suis très fatigué. Et c'est justement pour cela que j'en ai envie. Se renverser dans un moelleux et profond fauteuil, et se faire raconter par une douce voix ce qu'est la vie. Grâce à cette voix chère se réconcilier avec la vie et tout aimer en elle à nouveau : ses petits événements et ses grands miracles. »

Maître Henke leva la tête dans un mouvement d'impatience et chercha les yeux de son ami. Il n'avait aucun goût pour la poésie, mais il lui sembla tout à coup que ces yeux, avec leur profondeur changeante et leurs éclairs secrets, inattendus, n'étaient pas sans rapport avec la nature de la mer. Il eut un sourire ironique et maugréa : « Mais dis-moi donc, je t'en supplie, comment tu t'es remis cette idée en tête ? »

D'une main paresseuse, Erwin rejeta en arrière ses cheveux blond cendré : « Oh, c'est simple. Quand tu marches dans le sable profond et silencieux derrière les fauteuils d'osier avec leurs capuchons, tu ne vois pas les gens qui sont dans les fauteuils, mais tu entends un appel, ou un bavardage, ou un rire, et tu te dis : "Cette personne est comme ci et comme ça." Tu sais qu'elle aime la vie, ou qu'elle est pleine de nostalgie, ou d'une souffrance qui fait pleurer sa voix, même dans le rire. »

Maître Henke bondit : « Et alors mon excellent Erwin se penche un peu et a l'air idiot quand il s'aperçoit que ces personnes sont très différentes de leurs voix. »

Erwin secoua la tête : « Mais ce ne sont pas des personnes que je cherche. Je cherche la voix. »

Il s'approcha de l'avocat et l'attira vers le bord de l'eau. C'était l'heure où la mer découvre ses plus grandes étrangetés, substitue une couleur à l'autre en n'épargnant aucune de ses richesses, et le soleil était déjà près de disparaître. Seule une voile ocrée chatoyait sur la surface claire, et au loin, dans une bande de bleu digne de midi, le grand vapeur blanc faisait route vers Rügen, suivi par un papillonnement de vagues d'un blanc argenté comme par un vol de cigognes.

« Le vapeur de Rügen ; déjà 6 heures, donc », grommela machinalement maître Henke. Erwin approuva de la tête. « Vois-tu, nous le voyons passer tous les jours. Nous sommes habitués à lui. Ce n'est plus un plaisir pour nous. Mais je pense à une douce voix qui dirait : "Le vapeur de Rügen", ou "Le vapeur blanc", ou "Le bateau d'argent". Et je prêterais l'oreille à la voix comme à une cloche discrète et sacrée, et puis je chercherais le vapeur de Rügen à l'horizon et je le verrais comme la voix le voudrait ; et je sentirais sans aucun doute : on dirait un cygne blanc. »

Maître Henke secoua la tête dans une énergique désapprobation et murmura quelque chose pour lui-même. Puis tous deux marchèrent en silence au milieu des fougères, dont les éventails s'élevaient à hauteur d'homme, et la forêt de hêtres bruissait au-dessus d'eux.

Les jours qui suivirent, maître Henke se sentit fort mal à l'aise. Lorsque, comme il aimait tant le faire d'habitude, il restait couché sur le dos dans la forêt, il ne pouvait s'empêcher de penser constamment à Erwin, et il sentait que cette pensée troublait considérablement son oisiveté. Il tentait de s'en délivrer en restant tout l'après-midi parmi les gens qui séjournaient sur la terrasse du casino et en cherchant sans cesse à se convaincre que, s'il faisait cela, c'était pour lire les journaux. Il s'était d'ailleurs effectivement si bien plongé dans un éditorial qu'il ne remarqua Erwin que lorsque ce dernier fut juste devant lui. L'avocat fut vivement effrayé par le trouble et l'émotion que manifestait son ami, et il allait lui poser une question. Mais Erwin le devança. Il dit avec un rapide coup d'œil : « Viens. » Maître Henke ne s'y opposa pas, et tous deux longèrent en silence l'allée qui conduisait à la plage. Tandis qu'ils traversaient la dune blanche, Henke jeta sur son compagnon un regard prudent. Erwin pataugeait dans le sable en se hâtant, ses yeux étaient grands, assoiffés, et ses lèvres légèrement ouvertes comme celles de quelqu'un qui écoute attentivement. Puis l'avocat vit les gens qui, dans le profond bien-être de l'insouciance, dormaient ou bavardaient sur le sable inondé de soleil, et le contraste entre la tranquillité de leur farniente et la hâte essoufflée de son compagnon avait quelque chose d'étrangement inquiétant. Enfin Erwin s'immobilisa et contraignit l'avocat, en le saisissant fermement au poignet, à en faire autant.

Ils étaient derrière un fauteuil. Henke entendait à présent la voix d'une vieille dame, qui ne lui était pas

La voix

inconnue, puis une étrange voix de jeune fille, douce et claire.

Il passa devant le fauteuil et entraîna à sa suite Erwin qui tremblait de tout son corps.

La vieille dame était la générale Wemer, voisine de table de l'avocat. Elle lui tendit cordialement la main, et Henke aperçut à son côté une jeune fille qu'il ne connaissait pas. Celle-ci penchait légèrement la tête, et le soleil déclinant semait des reflets dans sa chevelure abondante et sombre. La générale tendit également la main à Erwin. Puis, tournant sa tête délicate, elle dit tendrement : « Hedwig. »

La jeune fille se leva tout en gardant le regard baissé.

La dame la présenta : « Ma nièce. »

Erwin s'inclina comme devant une reine. Alors la générale lui chuchota : « Elle est aveugle. »

Erwin tressaillit, et l'avocat parla de parties de tennis, et d'une excursion à Stubbenkammer. Et plus tard la générale dit : « Je n'ai pas le droit de prendre de bain ; mais cela fait beaucoup de bien à ma nièce. » L'aveugle approuva de la tête : « Je crois que c'est très sain. »

Sa voix ressemblait à un chant.

Mais Erwin pensait : « Sa voix est triste. »

L'avocat parlait sans interruption. Une fois, la générale et lui éclatèrent de rire. Hedwig ne rit pas avec eux. Et Erwin dit tout bas à Henke : « Si elle pouvait voir comme elle est belle. »

L'avocat haussa les épaules. La générale n'avait pas entendu, de la main elle désignait la mer. Au loin, dans une bande vert foncé, le grand vapeur blanc faisait route vers Rügen.

L'avocat regarda sa montre et dit : « Le vapeur de Rügen, déjà 6 heures, donc. »

La générale rêvait, d'une voix âgée et lasse : « Comme l'éclairage est beau. » L'avocat bâilla.

Erwin suivait le vapeur des yeux et attendait. Mais la jeune fille gardait le silence ; car elle ne voyait pas, et seule la générale dit : « Il commence à faire frais. » Les dames prirent congé. Erwin s'inclina très profondément. Quand les dames furent parties, les deux hommes restèrent là en silence. L'avocat se frotta les mains : « Il commence à faire vraiment frais. »

Erwin continuait à regarder la mer, dont la vaste surface était d'un gris d'argent. Il dit d'une voix triste, plus pour lui-même qu'à l'adresse de l'avocat : « Elle voit d'autres bateaux sur une autre mer. Elle voit un autre monde. C'est ce qui fait que sa voix est ainsi. »

TOUTES EN UNE

Lorsque Anne-Marie entrait dans la chambre de Werner, le jeune homme pâle mettait de côté le personnage de bois qu'il était en train de sculpter, époussetait les copeaux sur ses genoux, et la dévisageait avec de grands yeux. Son regard noir lui offrait alors un peu de cette émouvante gratitude par laquelle les enfants orphelins et les malades solitaires récompensent la moindre bonté. Anne-Marie n'en voyait sans doute rien ; elle y était habituée. Elle lui souriait, examinait avec une curiosité impatiente et puérile le travail interrompu.

« La Sainte Vierge ? » demandait-elle en faisant craquer quelques copeaux tordus entre ses doigts délicats.

Et souvent Werner approuvait de la tête : « La Sainte Vierge. »

Il arrivait certes de temps à autre que saint Jean ou saint Laurent fussent commandés pour un chemin de croix ou la niche d'un portail, parfois aussi un saint Nicolas entouré de l'inscription : « Saint patron, garde-nous des dangers de l'eau », ou même saint Gilles, au-dessus duquel se lisait obligatoirement : « Que ta grâce nous protège de la gale. » Mais c'étaient là des commandes, et il était rare qu'on en adressât au malade qu'était Werner. Il sculptait le plus souvent selon sa propre idée, et ce n'étaient alors que des madones. Des grandes, qui portaient avec une maternelle fierté dans leurs bras richement drapés l'enfant du Salut, replet et épanoui, et des petites, toutes désemparées, qui, étonnées de leur maternité, semblaient sur le point, tant était grande leur fatigue, de poser n'importe où les minuscules Rédempteurs dispensant des bénédictions ; et puis il y en avait avec de hautes et larges couronnes qui étendaient les mains dans une générosité qui paraissait ne vouloir jamais s'épuiser, et d'autres encore qui, dans une pudeur craintive, croissaient leurs bras raides sur leur poitrine, et celles-là avaient les paupières lourdes d'avoir tant et si longtemps baissé les yeux. Enfin, on en trouvait qui demandaient à être peintes ; on leur faisait des joues rouges, des lèvres très rouges, et elles paraissaient tout de suite en bien meilleure santé, bien plus magnifiques. Mais toutes portaient sur leurs traits une même chose : leur grande reconnaissance envers Werner, sans qui elles n'auraient jamais vu le jour. Et il est certain qu'elles se seraient toutes volontiers rassemblées pour unir leurs forces, afin de rendre au jeune homme l'usage de ses jambes, paralysées depuis qu'il avait eu seize ans, si quelqu'un eût pu s'agenouiller devant elles. Seulement, la plupart n'avaient pas été commandées et se tenaient, plongées dans le désœuvrement et l'expectative, côte à côte dans le réduit du grenier, de sorte qu'il ne pouvait leur venir à l'idée de croire qu'elles étaient capables, même en se serrant vigoureusement les coudes, d'opérer un miracle. Les gens de la bourgade s'étonnaient que Werner ne se lassât pas de tailler une Marie après l'autre, et les plus anciens hochaient leurs têtes chenues avec surprise et indignation. Ils estimaient que c'était un sacrilège ; car à quoi ressemblait la Vierge Marie, personne ne pouvait le savoir exactement, et surtout pas Werner, que sa paralysie empêchait d'aller jamais à l'église. Anne-Marie était peut-être la seule à ne pas s'étonner. Cela lui paraissait tout à fait naturel, lorsqu'elle se souvenait du petit garçon sage, pieux et délicat qui, autrefois, étranger à tous les autres enfants, traversait avec elle les tristes prairies gorgées d'eau qui s'étendaient devant la ville. C'était avant sa maladie ; mais dans sa seule démarche il y avait déjà quelque chose de craintif, de fuyant, quelque chose dont Anne-Marie avait peur, et dont le désarroi, cependant, l'attirait et la touchait aussi. Quand ils ne parlaient pas et ne trouvaient pas de fleurs, les lèvres de Werner se mettaient souvent à chanter doucement une chanson lourde de nostalgie dont personne ne savait d'où elle lui venait. Et quand le soleil, tout rouge, disparaissait derrière les branches des saules, Werner éclatait en des sanglots qui eussent fait croire que quelqu'un qu'il aimait, quelqu'un de bien réel, venait de mourir. C'était à l'époque où ils étaient enfants tous deux. Et il semblait à Anne-Marie qu'il n'y avait pas si loin de cette manière d'accueillir le soir par des sanglots à la fabrication des madones, surtout à cause de l'intermédiaire de la maladie. Aussi n'était-elle pas étonnée de sa façon de faire et trouvait-elle tout naturel que, de même qu'elle traversait les prairies avec Werner à l'époque où il pouvait marcher, elle restât parfois, maintenant qu'il avait dû oublier comment on se servait de ses jambes, assise auprès de lui dans la salle à contempler ses saints de bois qui ne lui inspiraient pas moins de compassion que les larmes qu'il versait lui-même autrefois. Elle voyait toujours dans le jeune homme malade le compagnon de jeux étrange qui avait besoin de sa pitié comme de son sourire ; et elle rêvait parfois de ses yeux profonds, douloureux, et de ses mains, de ces mains blanches de jeune fille qui, au moment du crépuscule, prenaient toujours quelque chose de solennel, quelque chose qui ressemblait à une bénédiction.

Ces rêves lui venaient quand elle était assise devant le malade ; elle renversait alors légèrement sa tête à la lourde chevelure fauve, joignait les mains sur son giron et fixait les yeux sur le visage de Werner comme sur un vaste paysage.

« Anne-Marie, qu'as-tu ? »

Elle se réveillait et disait simplement : « Je pense.

— À quoi penses-tu, Anne-Marie ?

— Je pense... Est-ce qu'il y a beaucoup de gens qui sont toujours malades comme toi ?

— Je crains qu'il n'y en ait que trop, Anne-Marie.

— Oh ! Et pour eux, ce ne serait pas la peine qu'il y ait le monde entier, ni les forêts ni les grandes villes, avec toutes ces choses étranges et joyeuses ? Puisqu'ils ne les voient jamais.

— Ils en rêvent, Anne-Marie. »

Anne-Marie se taisait. Elle avait honte.

Un jour, au moment d'un pareil crépuscule, Anne-Marie déclara : « Tu sais, je me demande souvent si tu adresses aussi des prières aux Saintes Vierges que tu tailles dans le bois ? »

Le malade eut un fin sourire : « Je les fais. C'est ma prière. »

Anne-Marie resta un instant songeuse puis dit, comme pour elle-même : « Comme tu te la représentes, Marie ! Pourquoi comme cela justement ? As-tu vu un jour un beau tableau ?

— Je ne sais pas. Un tableau ou un rêve. Mais je l'ai toujours devant les yeux. Elle est comme la nostalgie. »

Alors la jeune fille demanda : « Laquelle lui ressemble le plus ? »

Werner répondit, les yeux fermés : « Toutes ensemble, elles sont la Vierge. Si tu donnes à une seule la grâce, la miséricorde, la puissance et la ferveur qui sont réparties entre toutes, alors celle-là lui ressemblera. Il faut toujours que j'en sculpte de nouvelles ; car il y a en elle tant de bonté, de confiance. Toutes ensemble et celles que je réussirai encore, voilà ce qui est... elle. Je l'aime tant. » Il étendit solennellement les bras comme devant une vision.

Puis Werner se pencha, saisit le personnage auquel il était en train de travailler, l'éleva dans la lumière du soir et chuchota : « Peut-être y arriverai-je malgré tout : toutes en une seule. » Il poussa un profond soupir. « Et celle-là sera pour toi, Anne-Marie. »

Il y eut une lueur friponne dans les yeux d'Anne-Marie, elle partit d'un rire : « Pour mes noces.

— Pourquoi donc pour tes noces ? » La voix de Werner était étrange, rauque, comme après un instant d'effroi.

Anne-Marie dit gravement : « Parce que c'est une fête. » Et tout d'un coup, elle eut très peur.

*

Le temps était venu où Anne-Marie eut besoin d'une madone. Werner se traînait tous les matins sur ses béquilles jusqu'au réduit du grenier afin d'y choisir le bois approprié à sa nouvelle œuvre. Aucun ne convenait et il restait alors, épuisé par l'ascension et les recherches, assis dans un coin du réduit glacé à examiner lentement les trop nombreuses Maries, si tristes de n'avoir jamais vu un enfant prier ni aucun cierge brûler, le samedi, devant elles. Il ne pensait pas le moins du monde aux saints oisifs et poussiéreux mais songeait qu'Anne-Marie allait maintenant célébrer ses noces et qu'il devait lui offrir une madone pour cette occasion.

Il n'avait pas vu Anne-Marie depuis longtemps. On aurait dit qu'elle avait, depuis ce soir-là, peur de lui. À présent, elle envoyait de temps à autre la petite Klara, sa sœur cadette, âgée de dix ans. Le malade avait pris l'enfant en grande affection et l'appelait Souris, parce qu'elle était agile, gourmande et mignonne. Souris, en revanche, ressentait une espèce de supériorité mêlée de sollicitude et avoua un jour à Werner, en confidence, qu'il était son enfant, et bien sot et bien maladroit. La petite venait tous les jours et lui apportait une fleur, une pomme, ou simplement sa bouche d'enfant jeune et fraîche — et c'était ce qu'il préférait.

Après avoir passé longtemps à choisir, Werner avait trouvé un bois qui faisait l'affaire et placé devant lui une des madones qui lui semblait pouvoir servir de modèle. C'était l'une des grandes, des somptueuses, et Souris se réjouissait, l'œil brillant et la bouche ouverte, de cette splendeur et de toutes ces couleurs.

Tout à coup l'enfant dit : « Tu sais, en fait ce n'est pas du tout la Vierge Marie. » Werner, dont le travail ne parvenait pas à avancer, leva sur elle des yeux interrogateurs. Souris gardait un silence embarrassé et tenait sa petite main à fossettes bien serrée sur sa bouche.

« Pourquoi ? demanda Werner.

— Parce que... Je ne peux pas le dire », répondit la petite en s'interrompant. Et elle avait un air fort sournois.

« Eh bien, petite maligne, dit en la flattant le malade sur un ton las, qui est-ce donc ? »

Souris se serra contre lui.

« Sainte Agathe ? insista le jeune homme en lui caressant les cheveux.

— Oh, non.

— Sainte Anne ? »

Souris secoua la tête d'un air mécontent.

Werner dit le nom de toutes les saintes femmes qui lui passaient par la tête. L'enfant niait avec toujours plus de résolution et dit enfin, boudeuse, avec une grande impatience : « Nigaud, ce n'est pas une sainte. C'est un être humain. »

Werner sourit.

« Devine... Oh, tu ne devineras pas », ajouta aussitôt Souris sur un ton pitoyable et avec un peu de mépris en contemplant le désarroi sur le visage de son ami.

Elle se redressa sur son siège et dit : « Anne-Marie. »

Le malade devint très pâle. Ses mains blanches tremblaient un peu. Il retomba dans son fauteuil et il semblait voir, à côté de la grande, de la somptueuse madone, l'image d'Anne-Marie qui grandissait en lui, et les comparer d'un rapide regard. L'enfant parut d'abord très déçue et surprise en voyant Werner persister dans sa gravité et son silence, et elle fut vivement effrayée lorsque ensuite il bondit, saisit ses béquilles et ordonna d'une voix qu'elle ne lui connaissait pas « Viens. »

La petite eut alors une grande frayeur. Elle voulait constamment demander : « Qu'as-tu ? » Mais elle sentait les battements de son cœur angoissé lui serrer la gorge en ne laissant pas de place aux mots. Aussi se traîna-t-elle à la suite des béquilles du malade, dont on entendait le bruit sourd, jusqu'au réduit du grenier. Là, Werner, avant même que les yeux de la fillette eussent pu percer l'obscurité, la tira par le bras et lui dit durement : « N'est-ce pas, c'est encore Anne-Marie ? »

Souris ne pouvait rien distinguer. La main qui l'empoignait lui faisait mal ; elle rassembla toutes ses forces et dit, au bord des larmes : « Oui.

— Et ça ? » entendit-elle. À présent, il lui semblait, les yeux écarquillés, distinguer quelque chose qui était parfaitement semblable à la grande madone du bas : « Aussi. »

Elle sentit qu'il la tirait encore. Les questions haletantes de Werner avaient un ton comminatoire et implorant à la fois : « Et celle-ci ?

— Oui, aussi », concéda Souris vivement. Petit à petit, elle distingua dans l'obscurité une foule de belles et grandes Anne-Marie. Alors sa peur se calma un peu. Elle dit, pleine d'admiration : « Ah », et puis, comme pour ne pas être dérangée par les questions de Werner pendant qu'elle contemplait les statues : « Toutes, toutes. »

Alors Werner libéra son bras. Il tituba vers le coin et s'effondra, épuisé, sur la chaise. Ses deux béquilles tombèrent à grand bruit sur le sol. Souris coulait vers lui des regards craintifs et réticents. Il avait l'air très triste. La petite reporta rapidement son regard sur les nombreuses poupées et, un doigt dans la bouche, passa en revue, sur la pointe des pieds, une par une, les Anne-Marie de bois.

*

Werner gardait sa porte fermée. Il n'ouvrait qu'à sa vieille servante lorsqu'elle lui apportait le déjeuner. Mais, le soir, elle pouvait remporter le repas presque intact. Le malade continuait à sculpter infatigablement à la lueur tardive de la bougie. Ses mains tremblaient de fièvre, et l'effort rendait ses doigts insensibles. Bien avant dans la nuit, sa bougie siffla, la flamme tressauta, retomba et s'éteignit. L'obscurité pesait lourdement sur ses yeux fatigués, mais la main envahie de crampes refusait de lâcher le couteau. Elle fit encore dans le bois quelques entailles aveugles et rapides. Elles avaient la violence de coups. Il semblait à l'homme qu'ainsi la sainte Vierge, objet de sa nostalgie, allait guider son outil dans l'obscurité et prêter à sa main obéissante la force de figurer ces traits qu'il n'était pas capable d'imaginer mais qui ne pouvaient être que la quintessence de tout ce qu'il y avait de haut et de sacré.

Il ne lâcha pas son travail et veilla, malgré ses yeux qui lui faisaient mal, jusqu'aux premières lueurs du jour. Il éleva l'image de bois dans la lumière hésitante. Et celle qui le regardait à présent était encore et toujours la même : Anne-Marie, qui allait dans quelques jours célébrer ses noces. Dès l'instant où il s'en aperçut, il jeta la figurine contre l'appui de la fenêtre avec une telle brutalité que la tête sauta et vola en un grand arc de cercle à travers la pénombre de la pièce. Werner laissa tomber le bloc de bois et enfonça ses doigts dans ses cheveux, au point de sentir ses ongles pénétrer dans sa chair comme des vis froides et métalliques.

En face se levait le précoce soleil d'été. La grisaille

s'écoulait des toits, et dans le jardin proche le matin jubilait de mille chants d'oiseaux. Engourdi par sa veille, Werner plongeait un regard fixe dans la splendeur pourpre. Ses pieds morts l'empêchaient de s'agenouiller ; mais son âme emplie de désespoir était à genoux, implorante dans sa fièvre, lorsqu'il joignit bien haut les mains et pria :

« Sainte Vierge, tu existes pourtant, et tu n'es assurément pas comme Anne-Marie. Tu ne peux pas être comme quelqu'un qui va célébrer ses noces ces jours-ci. C'est toi que je veux magnifier. Depuis que Dieu m'a retiré la grâce de me servir de mes pieds, je sculpte ton image. Entends-tu, la tienne ! Avec mes pauvres mains désarmées, je t'adresse mes prières de bois. Cela ne te fait-il jamais plaisir ? Sainte Vierge, ce sont de mauvaises images de toi, et ta bonté n'y trouve pas place. Mais accorde-moi d'en faire une, une seule qui te ressemble ; même si elle ne te ressemble que comme une étincelle de charbon ressemble au soleil. Je suis plein de gratitude envers toi. Seulement, fais que ce soit la lumière de ta lumière, l'amour de ton amour. Seulement, qu'elle ne soit pas comme l'autre, car tu ne peux pas être comme Anne-Marie, qui célèbre ses noces ces jours-ci. »

Sa voix était sans couleur, et ses mains, au bout de l'épuisement, glissèrent sur ses genoux. Les yeux fermés, il écouta l'écho de sa prière. Il reposa comme les enfants reposent après une longue et folle nuit de fièvre.

Mais au bout de quelques minutes il sursauta brusquement, prit dans ses mains, pour l'éprouver, un nouveau morceau de bois et se mit en toute hâte à travailler avec une habileté peu naturelle, pleine d'excitation. Son œil surveillait avec une tension anxieuse, toujours à l'affût, ce qui se formait, s'épanouissait sous ses rapides coups de ciseau. Il sentait maintenant en lui une force sacrée et victorieuse, et l'onction de sa prière lui donnait un doux et secret espoir. À chaque geste, il devinait que cette fois-là était différente des cinquante, des cent, des mille autres qui l'avaient précédée. Il lui fallait réussir une chose nouvelle, chaste, sans précédent, une chose qui ne se contentât pas de réunir en une seule toutes les autres, mais une chose unique qui ignorât tout le reste. Une grande jubilation intérieure le fortifiait, et il advint que la joie qui faisait vibrer ses doigts restait toujours plus vive que la lassitude et la crispation. Au bout de quelques heures, qui lui avaient paru des minutes, il prit du repos, plaça son travail sur l'appui de la fenêtre et contempla avec un sourire songeur les traits fins qui, comme délicatement voilés, saillaient du bois odorant. C'était un visage tendre et douloureux ; comme celui d'une femme qui s'en va, que l'on ne distingue plus nettement, peut-être parce qu'elle est déjà trop loin ou parce qu'on a les yeux remplis de larmes. Tout soudain, Werner pensa à sa pauvre mère malade, qu'il avait à peine connue parce qu'elle avait dû très tôt joindre les mains dans la tombe. Et, tandis qu'il continuait tout à fait mécaniquement à sculpter le bois, son âme, conduite par une émotion légère, retournait aux petites fleurs pâles de l'amour maternel presque oublié.

Ce fut comme si un mouvement de la porte avait effrayé l'infirme en le tirant de ses rêves. Il sursauta et scruta de ses regards embrumés, soudain rappelés de si loin, la pièce dans les recoins les plus inaccessibles de laquelle le crépuscule tendait déjà sa toile. Il était seul. Mais lorsqu'il reprit son travail, il sut que quelqu'un était assis à son côté et sculptait avec lui. Il se pencha sur la statue comme pour la protéger. Mais le personnage à côté de lui réussit tout de même à l'atteindre, retailla à coups nerveux des lignes subtiles, douloureuses, et leur donna ainsi quelque chose de ferme et de terrestre : quelque chose d'Anne-Marie. Werner était glacé d'épouvante. Il sentit qu'il fallait maintenant livrer le dernier combat. Son outil allait et venait, étincelant, halluciné comme un fugitif, et parcourait les rainures déjà tracées d'où giclaient les copeaux. Il voulait arriver avant l'autre. Mais celui-là taillait avec un calme impitoyable et brutal, coup après coup, et détruisait sardoniquement chaque trait dessiné par Werner hors d'haleine. Enfin il sembla au malade que sa précipitation sans relâche, totalement vaincue, était désormais passée au service de l'ennemi. Alors il fut saisi par la colère du désespoir. Sa main droite, tremblante, assaillait le bois de chocs toujours plus sauvages et plus incohérents. Ses yeux ne la suivaient plus. Il les fixait vers l'extérieur, sur le visage rouge du soir, et il hurla : « C'est toi ou moi. » Pendant ce temps sa main droite, comme détachée de lui, s'activait toujours, et sa lame acérée ne donnait plus forme au bois dur. Il sculptait ses propres mains sanglantes.

UNIS

Sophie versa du thé à son fils. Sa main svelte et distinguée tremblait légèrement. Le malade était assis en face d'elle dans le fauteuil en tapisserie et gardait le silence. Seules ses mains blanches sur les accoudoirs sombres vivaient leur propre vie de fièvre. Sophie posa sur la table la théière d'argent, qui semblait concentrer toute la lumière de la pièce plongée dans la pénombre, et passa la main sur ses cheveux blancs. Puis elle prit place dans le fauteuil profond, faisant crisser sa robe de soie. Avec un sourire tendre, elle regarda son fils en face d'elle. Et elle ne remarquait pas à présent les joues blêmes du jeune homme au cœur malade ni le léger tremblement de ses narines, qui ressemblait au battement d'ailes d'un papillon avant sa mort; elle ne ressentait qu'une chose : après tant d'années, il était à nouveau à la maison et il lui était permis, à elle, de lui poser sur le front ses mains remplies d'amour inemployé et de lire dans ses regards, de ses propres yeux angoissés, le mystère de ses désirs. Qu'il fût revenu vers elle à cause de sa grave maladie, elle l'avait totalement oublié. Elle remerciait Dieu de pouvoir le protéger et était heureuse de le savoir à l'écart du grand chemin tumultueux des tempêtes et des flots, de pouvoir le garder quelque part, à un endroit où il était totalement privé de volonté, totalement livré à son amour. Cette conscience éclairait son visage d'une lueur calme, transfigurée. Les grands yeux assombris de Gerhard semblaient dirigés sur un infini sans rivages, mais ils n'en épiaient pas moins cette félicité rêveuse sur les traits de sa mère. Et l'âme malade, anxieuse du fils songeait à ce sourire et en devinait les profondeurs. Le jeune homme pensait : « C'est ainsi qu'est ma mère. Elle remercie Dieu de m'avoir fait revenir, et c'est pour mourir que je suis revenu. Elle remercie Dieu qu'aucun péril ne puisse plus m'atteindre, et c'est ma vie tout entière qui est en péril. Elle remercie Dieu pour moi et pour ma vie, et je ne suis qu'un fruit précocement flétri et rongé par les vers. C'est ainsi qu'est ma mère. » Les tasses à thé chantaient une chanson argentine, et Sophie dit, du beau milieu de ses rêves : « Tout est encore comme autrefois chez nous, n'est-ce pas ? Pas une chaise n'a changé de place. Même les tableaux sont encore accrochés là où tu l'as voulu. Au-dessus de ton lit *Le Violoniste* de Hans Thoma [1]. Tu l'aimais tant, quand tu étais petit garçon. L'aimes-tu encore ? » Le malade hocha à peine la tête.

« Que joue-t-il donc, à ton sens ? À mon sens, il joue la chanson de ton pays. »

---

1. Peintre allemand (1839-1924).

Le jeune homme respira à la hâte : « C'est mon enfance qu'il joue, c'est la tristesse qu'il joue et le renoncement. »

Il avait parlé d'une voix cassée. À nouveau les tasses chantèrent.

Sophie demanda, effrayée : « Tu n'aimes pas ton enfance, Gerhard ? » Le malade la regarda gravement : « L'aimer ? Oh si. Je l'aime comme on aime un mensonge qui rend heureux, ou un rêve dans lequel on était roi, ou une bonté qui fait de vous un esclave. J'aime ces pièces qu'elle a habitées, et ta voix qui était sa nostalgie. J'aime tous les chemins où tu m'as conduit, ces chemins discrets, silencieux qui contournent la vie pour mener à ton Dieu. »

Sophie eut un mouvement qui fit tomber la cuillère d'un coup sec sur la soucoupe.

Puis elle dit froidement : « Je t'ai élevé dans la piété. »

Gerhard sourit légèrement : « Qu'est-ce que la piété ? Le plaisir qu'on prend à des églises sombres et à des arbres de Noël illuminés, la gratitude que l'on éprouve pour un quotidien tranquille que ne vient troubler aucune tempête, l'amour qui a perdu son chemin et qui cherche, qui tâtonne dans l'infini sans rivages. Et une nostalgie qui joint les mains au lieu de déployer ses ailes. »

Le malade renversa la tête profondément en arrière, l'enfonçant dans le coussin sombre, si bien que l'on voyait son menton parsemé d'une courte barbe pâle et son cou décharné aux tendons saillants. Sophie tripotait nerveusement de ses doigts fins son col de dentelle noire, et il n'y eut dans sa voix que de la tendresse :

« Me fais-tu des reproches, Gerhard ? »

Le jeune homme ne bougea pas, seules ses mains se balancèrent doucement. « Non, mère.

— Tu parles comme si... » dit anxieusement la vieille dame.

Gerhard baissa lentement la tête, et ils se regardèrent dans les yeux.

« Je devrais en fait t'en remercier. Tu m'as fait entrer dans un monde de miracles, toujours plus loin, toujours plus loin. Tu m'as entraîné si loin dans ta foi que je n'ai pas eu trop des dix ans pendant lesquels j'ai été loin de toi pour trouver une issue. »

Sophie se pencha en avant sur son siège, comme pour ne pas perdre un mot.

Le malade poursuivit sur un ton indiciblement doux. Chacun de ses mots semblait demander pardon : « Mère, il faut que tu le saches, ces dix ans ont été pour moi un lamentable chemin qui m'a ramené en arrière. J'ai éprouvé une telle fatigue. Mais je devrais t'en remercier tout de même si je n'étais pas si malade. Je suis tout au début, et il faut que je meure. C'est comme si je n'avais jamais vécu, car je n'ai jamais trouvé le chemin de la vie. Quinze ans pour être induit en erreur et dix ans de combat pour revenir au point de départ : voilà ce que je suis.

— Gerhard ! » implora Sophie, dont les mains tremblaient et se joignaient de désarroi, « tu commets un péché. »

Le fils dit cependant du fond de ses pensées : « En être au commencement et devoir mourir, c'est tout de même triste. » Ses yeux étaient si pleins de mélancolie que la femme serra les mains sur ses yeux et éclata en violents sanglots.

Gerhard se taisait, et ses regards se posèrent inopinément sur le portrait de son père accroché près de la fenêtre, et dont les traits étaient encore discernables dans la lumière du crépuscule. Il se rappelait à peine son père, car il n'était encore qu'un tout petit garçon à l'époque où celui-ci, pour l'amour d'une femme étrangère, avait quitté le pays. Le malade réfléchit et dit ensuite : « Je crois qu'à présent je suis encore bien plus éloigné de toi, bien plus étranger à toi qu'il ne l'était. »

Sophie pressait sur ses yeux son fin mouchoir de batiste, et le léger parfum d'une délicate lavande se répandit à travers la pièce. Elle demanda d'une voix sèche :

« Qui ?

— Mon père ! » répondit brutalement Gerhard.

La vieille femme lança sur lui avec effroi des regards tressaillants, ses lèvres étaient mues par un tremblement crispé et cherchaient à répondre. Mais elle ne trouvait pas les mots. Elle sentit soudain qu'elle devait défendre quelque chose que son enfant menaçait, quelque chose qui vivait profondément en elle, la fortifiait, était pour elle une bénédiction et possédait des droits plus anciens que ceux de son enfant. À cet instant, elle eût aimé prendre la fuite. Elle leva des yeux craintifs. Elle vit alors les yeux éteints, les yeux clos du malade, et sa bouche lassée par tant de paroles. Cette détresse pitoyable et touchante la fascinait. Sans le vouloir, elle rapprocha mentalement les deux êtres : Dieu qui était en elle, et que Gerhard venait à l'instant de menacer, et son faible et malheureux fils. Et elle resta.

Les semaines qui suivirent furent un combat silencieux et secret que Sophie essayait d'adoucir en enfouissant son Dieu toujours plus profond en elle-même et en faisant en sorte qu'il ne rencontrât jamais son fils. Tout son être en acquit une précipitation anxieuse, une sorte de dissimulation craintive, qui privait chacun de ses mouvements de toute assurance. Elle verrouillait sa porte lorsqu'elle faisait sa prière du soir, et, quand l'angélus commençait, elle gagnait quelque pièce obscure pour y faire en tremblant son habituel signe de croix. Avant le repas de midi, elle limitait l'imploration dont elle usait depuis l'enfance à une très rapide pensée pour Dieu, redoutant à chaque fois que Gerhard ne la découvrît dans ses yeux. Cette peur constante déposait sur elle comme un voile étranger, et ce bizarre changement n'avait nullement échappé aux regards inquisiteurs du malade. C'était presque inconsciemment qu'il en recherchait les raisons, et il s'épuisait en conjectures. Cela le rendait irritable et amer, et s'il parlait souvent du « chemin du retour », ce n'était plus sur le ton d'un doux et mélancolique renoncement comme la première fois. Alors Sophie craignit autant pour son Dieu que pour le malade. Car elle les aimait tous les deux, et elle savait que l'un d'eux allait obligatoirement trouver la mort dans le combat décisif. Ces semaines d'angoisse avaient fait du Dieu grand et puissant qui l'accompagnait et veillait sur elle depuis les jours de son enfance un tout petit Dieu timoré qui était sa propriété et qu'elle devait protéger, sauvegarder comme un oiseau tombé du nid. Elle fut effrayée lorsqu'elle s'en aperçut. Elle sentit brusquement combien ce Dieu, dans sa cachette lointaine, devenait plus pauvre, plus désemparé, plus infime, et elle tremblait en pensant au jour où il sombrerait tout à fait, sans bruit ni résistance, comme s'éteint une lampe dont l'huile s'est épuisée. Elle pressentait en même temps qu'elle serait, sans ce Dieu, comme une feuille morte et qu'elle devait, avant qu'il ne fût trop tard, le tirer de son ensevelissement pour l'élever en pleine lumière.

Aussi dit-elle un jour où Gerhard était une fois encore assis en face d'elle au crépuscule :

« Je crois en Dieu. Il te rendra la santé. »

Sa voix avait un son hésitant, et elle répéta plus vaillamment : « Je crois en Dieu. »

Alors le malade se leva péniblement et se dirigea vers elle. Il s'approchait comme quelqu'un qui veut prendre quelque chose, et Sophie trembla sous ce regard. Elle tremblait devant ces mains malades et le vit poser ses doigts froids et durs sur la gorge de son Dieu pour l'étrangler. Et elle implora son fils en faveur de son Dieu :

« Pitié ! »

Gerhard s'arrêta devant elle.

Elle gémit en persistant à repousser l'assaut comme une malédiction : « Je crois en Dieu. »

Il était debout devant elle et tenait les mains tremblantes de Sophie.

Il hocha la tête : « Oui », et il dit ensuite, comme s'il répétait les paroles de quelqu'un : « ... mais ton Dieu ne m'enlèvera pas ma maladie. Ce n'est pas de lui que je la tiens ; c'est mon père qui me l'a donnée. »

Sa mère le regardait avec épouvante.

Il soutint ce regard. Alors ses forces l'abandonnèrent de plus en plus, et sa fatigue augmenta. Il laissa tomber ces mains fines, approcha une chaise et s'assit. Leurs regards se rencontrèrent, et chacun se disait : « Nous sommes si loin l'un de l'autre. »

Ils se ressemblaient beaucoup, mais il était déjà tard et ils ne pouvaient distinguer leurs traits. Ils étaient là assis, et le malade : « Ainsi, je serai tout seul pour le peu de temps qui me reste. Nos lèvres n'ont plus rien à se donner, car elle ne sourira plus, ses baisers sont pour son Dieu, et ses mots sont ceux d'une langue étrangère. Je serai donc tout seul. Elle, elle a son Dieu. »

Ils se taisaient.

Puis elle dit, et c'était comme si elle eût envoyé ses mots d'une rive à l'autre, par-dessus les flots grondants d'un large fleuve :

« Ses lettres étaient si effrayantes. Il a faim. J'ai envoyé de l'argent à ton père, pardonne-moi. »

Il eut un cri de jubilation : « Je l'ai fait aussi. »

Remplis de la même lumière reconnaissante, leurs yeux se trouvèrent.

Toutes les distances fondirent.

Et leurs mains se serrèrent avec ferveur, comme celles de deux êtres qui veulent se venir en aide.

(1897[1])

---

1. Rilke mentionne la date de rédaction de ce récit pour indiquer qu'il fut le dernier conçu.

La fête de famille	9
Le secret	23
L'anniversaire	45
Trois vieux	53
La fuite	59
Kismét. *Scène de la vie tzigane*	69
Bonheur blanc	77
L'Enfant Jésus	87
La voix	101
Toutes en une	109
Unis	125

DÉCOUVREZ LES FOLIO 2 €

Parutions de septembre 2009

Eva ALMASSY — *Petit éloge des petites filles*
À quel âge les petites filles cessent-elles d'être des petites filles ? À travers les portraits de fillettes réelles et imaginaires, Eva Almassy nous entraîne dans un pays mystérieux et délicieux.

Franz BARTELT — *Petit éloge de la vie de tous les jours*
Dans les brumes ardennaises, Franz Bartelt décortique les petits travers de ses contemporains avec un humour et une férocité jubilatoires.

Roger CAILLOIS — *Noé et autres textes*
Quelques textes audacieux et surprenants d'une rare intelligence.

CASANOVA — *Madame F. suivi de Henriette*
Entre deux ébats amoureux, Casanova nous entraîne à sa suite dans l'Europe libertine du XVIIIe siècle.

Henry JAMES — *De Grey, histoire romantique*
Une nouvelle tragique et mystérieuse dans laquelle Henry James explore l'univers irrationnel de la passion amoureuse.

Patrick KÉCHICHIAN — *Petit éloge du catholicisme*
Loin de tout prosélytisme, Patrick Kéchichian témoigne avec force de sa conversion au catholicisme et du bouleversement qui s'est ensuivi.

Michel LERMONTOV — *La Princesse Ligovskoï*
Ce roman inachevé nous offre une admirable peinture psychologique de deux jeunes mondains, ainsi qu'une brillante peinture du Saint-Pétersbourg de 1830.

Pierre PÉJU — *L'idiot de Shangai et autres nouvelles*
Pierre Péju, à travers trois nouvelles subtiles, nous propose une réflexion pleine de finesse et d'humour sur l'écrivain et ses personnages.

Brina SVIT — *Petit éloge de la rupture*
Ruptures amoureuses bien sûr, mais aussi ruptures linguistiques, professionnelles ou amicales… Le temps d'écrire ce petit éloge, Brina Svit les a toutes connues.

John UPDIKE — *Publicité et autres nouvelles*
À travers ces quatres nouvelles, John Updike brosse un tableau affectueux bien que critique du couple dans tous ses états.

Dans la même collection

M. D'AGOULT	*Premières années* (Folio n° 4875)
R. AKUTAGAWA	*Rashômon et autres contes* (Folio n° 3931)
AMARU	*La Centurie. Poèmes amoureux de l'Inde ancienne* (Folio n° 4549)
P. AMINE	*Petit éloge de la colère* (Folio n° 4786)
M. AMIS	*L'état de l'Angleterre* précédé de *Nouvelle carrière* (Folio n° 3865)
H. C. ANDERSEN	*L'elfe de la rose et autres contes du jardin* (Folio n° 4192)
ANONYME	*Ma'rûf le savetier* (Folio n° 4317)
ANONYME	*Le poisson de jade et l'épingle au phénix* (Folio n° 3961)
ANONYME	*Saga de Gísli Súrsson* (Folio n° 4098)
G. APOLLINAIRE	*Les Exploits d'un jeune don Juan* (Folio n° 3757)
ARAGON	*Le collaborateur et autres nouvelles* (Folio n° 3618)
I. ASIMOV	*Mortelle est la nuit* précédé de *Chante-cloche* (Folio n° 4039)
S. AUDEGUY	*Petit éloge de la douceur* (Folio n° 4618)
AUGUSTIN (SAINT)	*La Création du monde et le Temps* suivi de *Le Ciel et la Terre* (Folio n° 4322)

MADAME D'AULNOY	*La Princesse Belle Étoile et le prince Chéri* (Folio n° 4709)
J. AUSTEN	*Lady Susan* (Folio n° 4396)
H. DE BALZAC	*L'Auberge rouge* (Folio n° 4106)
H. DE BALZAC	*Les dangers de l'inconduite* (Folio n° 4441)
É. BARILLÉ	*Petit éloge du sensible* (Folio n° 4787)
J. BARNES	*À jamais* et autres nouvelles (Folio n° 4839)
S. DE BEAUVOIR	*La Femme indépendante* (Folio n° 4669)
T. BENACQUISTA	*La boîte noire* et autres nouvelles (Folio n° 3619)
K. BLIXEN	*L'éternelle histoire* (Folio n° 3692)
K. BLIXEN	*Saison à Copenhague* (Folio n° 4911)
BOILEAU-NARCEJAC	*Au bois dormant* (Folio n° 4387)
M. BOULGAKOV	*Endiablade* (Folio n° 3962)
R. BRADBURY	*Meurtres en douceur* et autres nouvelles (Folio n° 4143)
L. BROWN	*92 jours* (Folio n° 3866)
S. BRUSSOLO	*Trajets et itinéraires de l'oubli* (Folio n° 3786)
J. M. CAIN	*Faux en écritures* (Folio n° 3787)
MADAME CAMPAN	*Mémoires sur la vie privée de Marie-Antoinette* (Folio n° 4519)
A. CAMUS	*Jonas ou l'artiste au travail* suivi de *La pierre qui pousse* (Folio n° 3788)
A. CAMUS	*L'été* (Folio n° 4388)
T. CAPOTE	*Cercueils sur mesure* (Folio n° 3621)
T. CAPOTE	*Monsieur Maléfique* et autres nouvelles (Folio n° 4099)

A. CARPENTIER	*Les élus* et autres nouvelles (Folio n° 3963)
M. DE CERVANTÈS	*La petite gitane* (Folio n° 4273)
R. CHANDLER	*Un mordu* (Folio n° 3926)
I. DE CHARRIÈRE	*Sir Walter Finch et son fils William* (Folio n° 4708)
J. CHEEVER	*Une Américaine instruite* précédé de *Adieu, mon frère* (Folio n° 4840)
G. K. CHESTERTON	*Trois enquêtes du Père Brown* (Folio n° 4275)
E. M. CIORAN	*Ébauches de vertige* (Folio n° 4100)
COLLECTIF	*Au bonheur de lire* (Folio n° 4040)
COLLECTIF	*« Dansons autour du chaudron »* (Folio n° 4274)
COLLECTIF	*Des mots à la bouche* (Folio n° 3927)
COLLECTIF	*« Il pleut des étoiles »* (Folio n° 3864)
COLLECTIF	*« Leurs yeux se rencontrèrent... »* (Folio n° 3785)
COLLECTIF	*« Ma chère Maman... »* (Folio n° 3701)
COLLECTIF	*« Mon cher Papa... »* (Folio n° 4550)
COLLECTIF	*« Mourir pour toi »* (Folio n° 4191)
COLLECTIF	*« Parce que c'était lui ; parce que c'était moi »* (Folio n° 4097)
COLLECTIF	*« Que je vous aime, que je t'aime ! »* (Folio n° 4841)
COLLECTIF	*Sur le zinc* (Folio n° 4781)
COLLECTIF	*Un ange passe* (Folio n° 3964)
COLLECTIF	*1, 2, 3... bonheur !* (Folio n° 4442)

CONFUCIUS	*Les Entretiens* (Folio n° 4145)
J. CONRAD	*Jeunesse* (Folio n° 3743)
J. CONRAD	*Le retour* (Folio n° 4737)
B. CONSTANT	*Le Cahier rouge* (Folio n° 4639)
J. CORTÁZAR	*L'homme à l'affût* (Folio n° 3693)
J. CORTÁZAR	*La porte condamnée* et autres nouvelles fantastiques (Folio n° 4912)
J. CRUMLEY	*Tout le monde peut écrire une chanson triste* et autres nouvelles (Folio n° 4443)
D. DAENINCKX	*Ceinture rouge* précédé de *Corvée de bois* (Folio n° 4146)
D. DAENINCKX	*Leurre de vérité* et autres nouvelles (Folio n° 3632)
D. DAENINCKX	*Petit éloge des faits divers* (Folio n° 4788)
R. DAHL	*Gelée royale* précédé de *William et Mary* (Folio n° 4041)
R. DAHL	*L'invité* (Folio n° 3694)
R. DAHL	*Le chien de Claude* (Folio n° 4738)
S. DALI	*Les moustaches radar (1955-1960)* (Folio n° 4101)
M. DÉON	*Une affiche bleue et blanche* et autres nouvelles (Folio n° 3754)
R. DEPESTRE	*L'œillet ensorcelé* et autres nouvelles (Folio n° 4318)
R. DETAMBEL	*Petit éloge de la peau* (Folio n° 4482)
P. K. DICK	*Ce que disent les morts* (Folio n° 4389)
D. DIDEROT	*Lettre sur les aveugles à l'usage de ceux qui voient* (Folio n° 4042)
F. DOSTOÏEVSKI	*La femme d'un autre et le mari sous le lit* (Folio n° 4739)

Composition Bussière.
Impression Novoprint
le 26 octobre 2009
Dépôt légal: octobre 2009
Premier dépôt légal dans la collection: avril 2007

ISBN 978-2-07-034221-1. / Imprimé en Espagne.

172518